Andrea Sturm, geboren 1966 in Graz, lebt und arbeitet als freie Journalistin, Autorin und Webdesignerin in Wien. Eigene Texte veröffentlicht sie vorwiegend im Internet. In Druck erschien der Gedichtband „Hellas" (edition reflexionen 1991) sowie einzelne Beiträge in Anthologien. Weitere Informationen: **www.diesturm.com**

„Lose Blätter" ist eine Sammlung der besten Texte aus dreizehn Jahren Blog- und Schubladenschreibe. Es umfasst Geschichten und Gedichte, Erlebnisse, Träume, innere und äußere Reisen sowie eine Handvoll mehr oder weniger tiefsinniger Einzeiler.

Andrea Sturm

Lose Blätter

Herstellung und Verlag: BoD - Books on Demand, Norderstedt.

ISBN: 9783732283255

Bibliografische Information der Deutschen Nationalbibliothek
Die Deutsche Nationalbibliothek verzeichnet diese Publikation in der
Deutschen Nationalbibliografie; detaillierte Bibliografische Daten sind
im Internet über www.dnb.de abrufbar.

Verloren in der Welt

Wo keine Menschen sind, gibt es auch nichts zu fürchten.

Gedanken beim Frühstück

Ob es nicht Zeit wäre, wieder einmal etwas ganz Anderes zu machen. Die alten Fähigkeiten ruhen lassen und sich etwas völlig Neues aneignen. Für ein Jahr oder zwei keinen Bildschirm mehr ansehen. Mit den Händen arbeiten. Mit Menschen arbeiten. Mit der Stimme arbeiten. Dass das ein alter Traum ist, der alle paar Jahre wieder auftaucht. Ob es nicht reifer ist, Träume Träume sein zu lassen. Ob das eine gute Idee ist. Dass so was nicht leicht ist. Dass die Menschen Erfolg haben, die einfach handeln, anstatt darüber nachzudenken. Ob ich das jemals noch lernen werde. Ob man denn damit glücklich würde. Ob ich nicht in meinem Alter Zufriedenheit wollen sollte statt Glück. Dass ich das vor zehn Jahren auch schon Mal gedacht habe. Dass die Menschen, die versichern, aufs Alter käme es nicht an, allesamt nicht mehr jung sind. Ob das jetzt die Midlife-Crisis ist. Dass der Fortschritt so ganz anders aussieht, als wir ihn uns vorgestellt haben. Ob dieses Gesicht aus dem Halbschlaf vom Leben auch so zurechtgeschliffen wurde wie meines. Dass ich das zum ersten Mal nicht wirklich wissen will. Ob es nicht seltsam ist, dass ich in Marokko mehr Streifenhörnchen gesehen habe als Kamele. Dass ich mich zum zweiten Mal im Leben nicht erinnern kann, wann und wo ich einen meiner Texte geschrieben habe. Dass mir das bedenklich erscheint. Ob das anderen auch bedenklich erschiene.

Dass es jetzt Zeit ist, den Computer aufzudrehen.

Monolog

Ich habe aufgehört, mir Gedanken zu machen, sagte sie. Wozu auch? Wenn du nicht mehr glaubst, etwas verändern zu können, wozu dann darüber nachdenken? Da ist es schon besser, im Gras zu sitzen und in die Sonne zu blinzeln. Sie ließ sich mit dem Sessel zurückkippen und wippte. Wie wir es damals in der Schule getan hatten. Sie schaute in den Himmel, obwohl da keine Sonne mehr war.

Ich sagte nichts.

Man wird so müde, sagte sie, sie saß jetzt wieder normal und nahm einen großen Schluck aus dem Bierglas. Ich will nicht mehr kämpfen, ich will Spass haben. Das habe ich mir verdient. Sie lachte dieses Lachen, das mir immer fehlt, wenn ich sie eine Zeitlang nicht sehe. Saufen will ich und tanzen und mit den feschen Kerls ins Bett gehen. Sie lachte wieder und zündete sich eine Zigarette an.

Ich sagte nichts.

Die Welt retten, sagte sie. Glaubst du, die Welt hat es verdient, gerettet zu werden? Glaubst du, irgendjemand wird uns dankbar sein für alles, was wir zu tun versucht haben? Die Welt will nicht gerettet werden, sie will untergehen.

Ich sagte nichts.

Vielleicht hätte ich ein Kind kriegen sollen, sagte sie, solange noch ein geeigneter Vater aufzutreiben war. Die Kerle heute sind doch alle kaputt. Können nicht umgehen mit freien, starken Frauen. Das macht sie krank. Schade eigentlich. Wenn ich ein Kind hätte, sagte sie, wäre ich wahrscheinlich auch nicht glücklicher, aber vielleicht wäre ich zufrieden.

Ich sagte nichts.

Was, so spät schon? sagte sie. Höchste Zeit zum Heimgehen. Morgen ist wieder ein harter Tag. Büro, Friseur und Fitnessstudio. Wozu ich das tue, frage ich mich. Die Typen tragen doch alle ihren Spitzbauch vor sich her. Wozu soll ich aussehen wie ein Model, wenn meine temporäre andere Hälfte überhaupt nicht dazu passt?

Ich sagte nichts. Wir zahlten.

War nett, mit dir zu plaudern, sagte sie. Das sollten wir bald wieder einmal machen.

Ja, das sollten wir, sagte ich.

Sieben Jahre Unglück

Die Spiegel waren schuld. Dessen waren sie ganz sicher. Die Scherben trieben hilflos auf dem bleigrauen Meer und riefen einander zu: Die Spiegel haben uns zerbrochen! Die Spiegel!

Wie aber wieder ganz werden, in einer Spiegelwelt? Die Schnitte konnten gar nicht so schnell heilen, wie neue entstanden. Die Menschen spiegelten bunt, der Himmel: Ein riesiger grauer Spiegel. Sogar das Meer, dunkel und unfreundlich, wurde zum Spiegel, wenn man zu lange hinsah.

Es ist nicht passiert, klirrten die Scherben einander zu. Wir haben niemals in diesen Spiegel geschaut: Das ist unsere einzige Chance!

Natürlich hörten sie nicht aufeinander. Sie trieben weiter, von Spiegelbild zu gespiegeltem Spiegelbild, in immer kleineren Fetzen. Dann noch ein Gedanke, ein letztes winziges Flackern in einem hellen scharfen Splitter. Dann nichts mehr.

Ein Spiegel zerbrochen von Spiegeln. Eine schillernde Endlosschleife im Meer der Vergangenheit.

die schwalbe

seit tagen sitzt da eine kleine schwalbe knapp unter meinem zwerchfell und flattert vor sich hin. ich kenne die schwalbe, ich kenne sie gut. ganz früher, als ich noch jung und mysteriengläubig war, habe ich gedacht, die schwalbe sagt mir, dass irgendetwas schlimmes passiert draußen in der welt. und immer wenn die schwalbe weg war, war irgendetwas passiert. viel später erst habe ich begriffen, dass da draußen in der welt immer gerade irgendetwas schlimmes passiert, und dass die schwalbe also jeden tag da sein müsste, wenn sie unheil ankündigen wollte, aber das war sie nicht.

die schwalbe kommt zu vollen monden und zu leeren herzen. die schwalbe kommt, wenn die kindliche königin den namen verliert. sie kommt, wenn ich angst um meine flügel habe und sie kommt, wenn ich nicht wage, die flügel auszubreiten. die schwalbe flattert und flattert, und manchmal pickt sie in meinen eingeweiden herum, ihr flattern kitzelt mich und der tag ist ganz seltsam, so als hätte ich auf leeren magen champagner getrunken und würde traurig davon und ein bisschen schwindlig. und die farbe ist blau.

reload und diskussionen und röhrengeflimmer. schwalbengezwitscher. bilder aus dem leben. viel blau. buchstaben flirren und alles geht mich etwas an. nichts geht mich etwas an. ich möchte laufen, die schwalbe freilassen, so lange laufen möchte ich bis ich aufreiße und die schwalbe wegfliegt. ich möchte lachen, den kopf zurückgelegt mit offenem mund und die schwalbe fliegen lassen.

ich bin ganz da, ich bin nicht da, ich bin dort, wo meine gedanken sind: haltlos, rastlos in zeit und raum. bilder und worte. töne und farben. die welt ist mein wohnzimmer, der himmel mein zelt. wie schön das ist. wie traurig. wie blau.

dann diese bilder. buchstabenbilder. hast du die zeitung gelesen? bist du durch die stadt gegangen? hast du die nachrichten gesehen? menschen. menschengeschichten. in allen farben. karmesinrot die macht. sonnengelb die frühlingsliebe. violett die gewalt. giftgrün der hass. taubengrau die hoffnungslosigkeit. und alle arten blau. Halt,

da ist noch ein rot, ein wütendes, flammendes, das kommt aus mir und will verbrennen: die verletzer. die mörder. die schmerzgeber. die traumnehmer. zu viele, das sind zu viele zwitschert die schwalbe und streckt die flügel. sie zwitschert blau.

blau: ein nächtliches, dunkles fürs verstehen. ein helles, perlmuttschillerndes für die sehnsucht. ein blasses, kaum wahrnehmbares, fast schon ins lila gehende, für die resignation. ein tiefsattes ultramarin für die zärtlichkeit. ein schwaches, leicht ins türkis spielendes, für die hilflosigkeit.

jemand mischt die farben, und sie werden doch nicht anders. da ist ein boot am horizont, und es kommt näher. hummeln summen. der architekt malt blumen auf millimeterpapier. tas-

taturen klappern wie würfel auf dem tavlabrett. ein leuchtturm
schickt einen schwarzen strahl in den tag.

ich zweifle und die stadt wird dunkel. das bild ist dunkel. die
schwalbe plustert noch einmal ihre flügel, dann schläft sie ein.

...

die schwalbe ist wach, und sie legt den kopf in den nacken und
stimmt ein wolfsgeheul an, langgezogen und unheimlich, das
gegen ende hin langsam, ganz langsam, in ein dunkles, ga-
ckerndes gelächter übergeht. deine träume, deine ideen: ein-
zigartig? das könnte dir so passen. alles industriell maßge-
schneidert: auf die dir eigene dummheit. kein kompromiss und
keine freiheit. kein weg zurück.

die schwalbe grinst, und sie lässt federn. aber das macht
nichts, nicht wahr? du don quijote der neuzeit, immer noch die
lanze erhoben: aber die windmühlen grinsen auch, und sie
werden immer die Stärkeren bleiben.

das hindert dich nicht daran, die lanze zu schwingen. nicht
wahr? und du hoffst auf beifall, aus dem unendlichen blau.

stattdessen das haltlose kichern der schwalbe.

es kümmert dich nicht.

"Lies doch mal was Lustiges!"

Ja. Guter Vorschlag, dachte ich, als mein Lieblingsgitarrist erwartungsvoll zu mir rüber schaute. Klar, was Lustiges. Warum nicht? Kommt immer gut an. "Muss ich halt erst schreiben." Kein Problem ich schreib ja ständig. Pausenlos, sozusagen. Schreib ich halt mal was Lustiges.

Kein Problem.

Was Lustiges. Ich schreib jetzt was Lustiges.

Etwas Lustiges.

Das Fenster offen, da streiten die Nachbarn, wer die bessere Fussballmannschaft hat oder wer die Katzenkotze wegwischen muss oder wer das Kind zum Ballett bringt oder wer das letzte Bier kriegt. Wasweissich. Irgendwas ist immer. Und unten beim Schnitzelbräter will einer mit Anwalt und Pistole auffahren, wenn er nicht eine Gratispizza kriegt und zwar sofort! Am Eck speibt schon wieder ein Besoffener. "In die Goschn! Wüst ane in die Goschn?" schreit einer aus dem Fenster.

Lustig? Nein, nicht lustig. Warum eigentlich nicht? Wenn Bud Spencer zuschlägt und Terence Hill leise den Kopf schüttelt, gibt es auch reichlich zu lachen. Also warum nicht hier im Grätzel, wenn Faust auf Goschn trifft, als wär der Zahnarzt nicht viel zu teuer für solche Konflikte? Lustig?

Irgendwie komisch, es ist nicht lustig. Ok ok ok, so wird das nix. Ich muss hier raus. Woandershin. Wo Menschen sind. Das wird … das wird sicher... lustig!

Die Einkaufsstraße schreit. Mich an. Kauf! Kauf! Konsumiere! Neue Mode! Alte Fetzen! Jetzt! -25 Prozent! Nur noch diese Woche! In rot, gelb, grün, in glitzer oder glanz! - Ich will nicht. Die ganze Scheiße will ich nicht. Die Jean nicht die Bluse nicht und nicht einmal die Tasche, gemacht von zarten Kinderhänden aus zarter Kälberhaut. Ja. Jaja. Da scheppert das Gewissen, da zittert die Ethik. Ob nicht Kinderarbeit besser ist als Kinderprostitution, hat einst ein zynischer Chefredakteur gefragt und über sein vermeintliches Bonmot gekichert, als wäre er der erste, der die Gegensätze der Menschenwelten nicht auf einen Nenner bringt. Lustig? Nein, lustig war das nicht. Verdammt.

Einen Kaffee würd ich trinken, vielleicht, im Cafe am Eck, aber ich trau mich nicht. Ob nicht genau die 3 Euro fehlen, wenn es in einer Woche ans Mietezahlen geht. Ob nicht genau der Typ da drüben mir nächste Woche am Finanzamt gegenübersitzt, wenn ich erklären muss, warum ich meine Steuern nicht gleich und sofort und ganz bezahlen kann. Ob er dann nicht fragt: "Aber im Kaffeehaus sitzen kennans?". Ob mir das nicht alles auf den Kopf fällt. Ob ich nicht doch zur Post hätt gehen sollen, damals, als man noch Beamter wurde dort, ausgesorgt fürs Leben, 14 Monatsgehälter, zwei davon kaum besteuert, sicher mit 30, Burnout mit 40, Frühpension mit 45, wun-der-bar!

Aber Lustig? Nein, ist auch nicht lustig.

Zu Hause ist es wieder still. Zu still. Ich frage den Fernseher, was sich getan hat in der Welt. Terror! schreit der Fernseher, Attentat! Krieg! Wirtschftskrise! Fürchtet Euch! Helmpflicht! Gurtpflicht! Alles für die Sicherheit! - Korruption, schreit der Fernseher, die BlablaBank hat 100 Milliarden versemmelt und die Asylwerber kosten euch eineinhalb Millionen dieses Jahr! Wir brauchen Ideen! Lösungen! Nein, nicht für die Bank, sondern gegen die Ausländer!

Ja! Jaja!

Die sind an allem schuld, wollen unser Geld, unsere Arbeitsplätze, und tuen nichts dafür! Was tun sie schon dafür? Machen die Jobs, die wir nicht mehr machen wollen, kriegen die Kinder, die wir nicht mehr kriegen wollen, zahlen Steuern und eröffnen Geschäfte in Straßen, die ansonsten längst von der Wettmafia besetzt sind, wer braucht das denn? Wir doch nicht! Wir steigen in unsere Limousinen und fahren in die Einkaufszentren, dort gibt es alles! Alles, was keiner je zu Hause haben wollte! Aber halt vielleicht kein frisches Brot. Was, Brot? Wer braucht denn Brot, wenn die neue Stereoanlage 17 Millionen Gigadings rausbläst?

Lustig? Nein, ist nicht so richtig lustig.

Ich hab gar keine Limousine. Kredit krieg ich auch keinen. Da bin ich froh drüber. Ich wollte zwar nie einen, aber wenn ich leicht einen kriegen könnte, hätt ich ihn vielleicht ja doch genommen. Für das neue xPhone. Für das Auto, das ich gar nicht fahren kann. Für die 100-Quadratmeter-Wohnung, die ich niemals mit meinem bisschen Leben ausfüllen könnte. Egal, es geht ums ganze, um den Schein um das Sein, um Re-Prä-Sen-Ta-Tion!

Wir müssen besser werden. Sicherer. Stärker. Schöner. Jünger. Wir müssen sehen, wo wir bleiben. wir müssen auf dem laufenden sein, schau, die Nachrichten, horch - die Diskussion, Achtung - die Religion, schau, Deutschland sucht den Superstar, schau, neue Models braucht das Land, Bauer sucht Frau und der Gerichtsreporter hält ganz nah drauf, wenn die Staatsvernunft dem Leben ins Gesicht spuckt, was? - egal, schau, neue Telefone, schau, die neue Krimiserie, schau, Nacktbilder von dem Sternchen das eh keiner kennt, hej, wir sind doch alle live dabei im Gemeindebau, mit der bladen Sau, mit dem bekifften Tänzer, dem abgefuckten Ex-Grenzer, mit den besoffenen Betroffenen mit den Nachbarn von nebenan, Prostmahlzeit, noch ein Bier und'n Schnaps, was das kennst du nicht? Weißt du nicht? Hast du nicht gesehen? Hast du nicht gehört? LOOOSER!

Ey Alder, Du bist so ein Loooser!...

Wie jetzt, nicht Lustig? Ey, das IST lustig. xtausend Zuschauer können nicht irren. Wer die Scheiße nicht frisst, ist das Kabel nicht wert. Wer sich heute noch wehrt bei dem steht der Sat verkehrt. Konsumieren statt produzieren, Schnauze mit Plautze statt Stirn mit Hirn, da steht dein Sofa, hier hast du die Fernbedienung,

Platz! Kusch! Friss! Sauf!

Lustig? Nein, nicht lustig. Mir doch egal. The Show must go on. Hereinspaziert, hereinspaziert! Sehen sie morgen, was ihnen gestern garantiert noch nicht gefehlt hat! Meine Damen und Herren, bleiben Sie dran! Und schalten sie auch nächstes Mal wieder ein, wenn es heißt:

"Lies doch mal was Lustiges!"

Unter Wasser

Die Nacht ist die einzige Zuflucht der Wahrheit. Die Nacht ist ein Rotkäppchenkorb voller Traumgeschichten. Die Nacht ist dein letzter Freund, wenn du alleine zurückbleibst. Die Nacht ist die einzige wirklich bewusstseinsfördernde Droge.

Vielleicht hast du nicht aufgepasst und bist hineingestolpert. Vielleicht war es der Wind, wie eine Hand auf deiner Schulter, der dich hierher geleitet hat. Vielleicht war es das Lächeln der zweiten Mondkugel, das zwinkernd auf dem silbernen Spiegelsee liegt. Das Wasser tröstlich kühl auf deiner Haut. Deine Bewegungen leuchten flüssig nach. Aus reiner Gewohnheit versuchst du zu schwimmen, aber du bist schon versunken, atmest das Wasser genau so selbstverständlich wie eben noch die Luft.

Vervielfachtes Nachtsternlicht weist dir den Weg zu einem versunkenen Schiff. Mühelos gleitest du durch das lebendige Wasser, an den verrotteten Deckplanken entlang, hinein in den beinah verlassenen Salon. Hier wartet deine Zwillingsschwester mit einem Glas Wein in der Hand.

Die weichen Lehnstühle haben die Zeiten unversehrt überstanden. Ein herbeigedachter Kellner mit leeren Augen bringt Austern und Champagner. Die Gänsehaut ist kein gutes Zeichen. Das Lächeln des Kellners verschwimmt zu einem Totenkopfgrinsen. Sein Frack hängt in Fetzen von blanken Knochen. Das Licht fließt aus dem Raum, nur deine Augen werfen noch einen Schein, der schnell schwächer wird. Ein dunkles Ende ohne Romantik, eine Angst ohne Lust, kalt und endgültig. Dann nichts mehr.

Doch. Stimmen. „Angst... verletzen..." Es wird heller hinter den Augenlidern. Du wagst sie aufzumachen. Ein Schwarm von schillernden Weisheitsfischen schwirrt um dich herum, durch dich hindurch. „Nur die Angst kann dich verletzen!". Deine Schwester lächelt noch immer. Mit ihrer langsamen Handbewegung wird das Schiff zum Gedächtnispalast. Raum um Raum ein Museum der Erinnerungen. Gemälde, Statuen. Film- und Tonbandrollen. „Nein" sagst du, greifst nach der

Hand der Schwester, und sofort verschwimmt ihr ineinander, werdet eins. Das „Nein" und das „Ja". Das Licht und die Dunkelheit. Du spürst wie ihre Stärke dich schwächt. Darauf hast du gewartet, Nacht um Nacht. Davor bist du geflohen Tag für Tag.

Deine ihre Hand berührt eins der Bilder, ein Porträt, die Leinwand wird Haut unter den vorsichtigen Fingern, der ernste Mund verzieht sich zu einem Lächeln, „es geht mir gut" wiederholt er monoton, „es geht mir gut". Hinter seinen Augen die Zitteraale der Vergangenheit, einer entkommt und versetzt dir einen Schlag, bevor er in die dusteren Zimmerfluchten verschwindet, erschrocken ziehst du die Hand zurück und wanderst weiter. Ein langer dunkler Gang mit nichts darin, nur ein paar Kritzeleien an der Wand, schemenhaft. Fast gegen deinen Willen streifst du an einem Schriftzug entlang, der kurz aufgleißt. *„Zu wissen, dass die Sehnsucht der Sinn des Lebens ist, ist das Privileg der halbbesoffenen Träumer"*, finster ist es dort und laut, verdammt laut, nein, hier ist keine Erkenntnis versteckt, du schüttelst die Hand als hättest du in einen Ameisenhaufen gegriffen.

Viele flüchtige Eindrücke später suchst du den Ausgang, hier ein holzgetäfeltes Kinderzimmer, dort ein steriler weißer Korridor der nach Krankenhaus riecht, endlich in einem riesigen endlos hohen Saal ein Pokal voll Sand. Du greifst hinein und lässt die heißen Körner durch die Finger rieseln, hier ist deine Zuflucht, die Wüste, das große leere Land der unbegrenzten Blicke. Du atmest auf.

Dann heißer Minztee an einem blankpolierten Metalltisch, am Horizont die Berge. Dorthin willst du aufbrechen, aber das letzte Sandkorn ist wieder in seinem Pokal, hier stehst du steht ihr im Gedächtnispalast, ein wenig verloren jetzt. Die Stille der letzten Stunden Tage Jahre wird erst bewusst, als plötzlich Stimmen da sind, nein, nur eine Stimme. Wer spricht hier, in deinem persönlichen Museum der glücklichen Misserfolge?

In einem blauen Zimmer findest du ihn, es ist der Geschichtenerzähler, er fabuliert ganz für sich alleine, gegen das Vergessen, gegen das Erinnern, seine Augen leuchten und er lacht, als er dich euch sieht, das gute Lachen, nicht das dunkle, ohne dabei mit seiner Geschichte aufzuhören. Du bleibst an der Tür stehen, befangen und unsicher, aber deine Schwester löst sich von dir, geht hin und lässt sich zu seinen Füßen nieder, wo die weichen orientalischen Polster sind. Sie zündet Kerzen an, eine nach der anderen, ein Meer von Kerzen, die zeitlupenartig wabern in der flüssigen Luft. In einer Ecke döst die Laute des Barden, tönt aus dem Halbschlaf schwebende Muster zwischen die Worte.

Hinter dir draußen vor der Tür schnattern aufgeregt und empört die schemenhaften Erinnerungen, dieser Raum gehört nicht hierher gehört in das andere Museum, das Museum der ungelebten Träume! Aber sie haben keine Macht, können die Schwelle nicht überwinden. Eine Weile bleibst du stehen, lauschst. Du könntest hingehen dich zu deiner Schwester setzen die Zeiten wieder eins werden lassen. Du könntest dich hinter den Geschichtenerzähler stellen die Geschichten bunt malen unschuldig bleiben für alle Zeit.

Aber schon wirst du durchsichtig, beginnst zu verschwinden. Schon bist du zu leicht geworden, tauchst auf, brichst wie ein Störenfried durch die spiegelglatte Oberfläche des Sees, malst Ringe auf das Wasser, die viel zu viel von dir erzählen.

Kurzes Bühnenstück

Die Bühne ist fast dunkel. Quer davor ist ein dünner, weißer Vorhang gespannt. Hinter dem Vorhang eine indifferente Figur, man ahnt sie zunächst mehr als man sie sieht. Sie tanzt langsam, fast wie in Zeitlupe, zu einer unhörbaren Musik. Ganz langsam blenden zwei Scheinwerfer auf, ebenfalls hinter dem Vorhang. Rechts ein blauer und links ein orangeroter. Die Figur tanzt weiter, bis die Scheinwerfer ganz aufgeblendet sind.

Indifferente Figur: *(sie hat sich im gut konturierten Schneidersitz hingesetzt)* Was fehlt, ist die Lust. Am Leben. Am Sein. An der Liebe. Das überschäumende Glück. Die Einzigartigkeit. Nicht, dass das Leben nicht schön wäre. Aber es ist so ruhig schön. So harmlos schön. So leicht schön. Es fehlt die Schwerkraft. Es fehlt die Erde zum Himmel. Die Raupe zum Schmetterling. Es ist alles so einfach. Viel zu einfach. Es fehlt die Frage zur Antwort. Die Nacht zum Tag. Es fehlt das Meer zum Strand und es fehlt das Gestern zum Morgen. Die Gitarre zum Bass. Es fehlt die Wüste zum Wasser. Zum Glück fehlt die Angst. Zum Lachen fehlen die Falten. *Die Figur hat laut zu reden begonnen und ist während des zögernden Monologs immer leiser geworden. Sie spricht weiter, doch versteht man nicht mehr, was sie sagt. Von ganz weit rechts kommt das Geräusch von Schritten, hohe Absätze auf Kopfsteinpflaster. Die Schritte werden lauter, während die nun wortlose Stimme immer und immer leiser wird.*

Die Vernunft: *(sie ist es, der die hohen Absätze gehören. Sie kommt aus dem blauen Licht rechts vor den Vorhang und geht fast bis zur Bühnenmitte, aber so, dass man links hinter ihr die sitzende Silhouette noch gut sehen kann. Sie spricht frontal ins Publikum)* Natürlich. Man nennt das Reife. Erwachsenwerden, wenn man so will. *(Von links haltloses Kinderstimmengekicher. Die Vernunft wartet schweigend, ohne eine Regung, bis die Stimmen verklungen sind.)* Die meisten sind froh darüber. Meistens. Immer froh sind die Anderen. Wer braucht schon alte Wilde. Junge Wilde sind irgendwie rührend. Alte Wilde sind einfach nur peinlich. Deshalb sind die Anderen immer froh, wenn diese Phase eintritt. Und oft, sehr oft, müsste man sagen: Wenn sie <u>endlich</u> eintritt.

Kasperl: *Unbemerkt von der Vernunft hat sich von links Kasperl herangeschlichen, unter „leise-sein"-Gestik und Grimassen. Jetzt steht er direkt hinter ihr, schwingt den Knüppel und schreit mit Falsetto-Stimme* Du bist das Krokodil! Du bist das Krokodil! *(Er schlägt mit seiner Keule auf die Vernunft ein, die ihn mit einer Hand abzuwehren versucht. Zwei Hände für einen Kasperl zu brauchen, wäre unter ihrer Würde. Eine Zeitlang schleichen sie so umeinander, es wirkt fast wie ein Tanz)*

Die Vernunft: Das ist mir jetzt aber wirklich zu blöd! *(Dreht sich um und will abgehen, bekommt aber in der Drehung* *einen Schlag von Kasperls Knüppel an den Kopf, fällt um und bleibt sehr hingestreckt liegen.)*

Kasperl: *Kichert erst, schaut sich dann aber erschreckt um, ob ihn vielleicht jemand beobachtet hat. Versteckt hastig den Knüppel hinter dem Rücken, als er die Figur hinter dem Vorhang sieht. Geht rückwärts schleichend ab, ohne Publikum oder Figur aus den Augen zu lassen, den Knüppel hinter dem Rücken, den Zeigefinger an die Lippen gelegt. Als er weg ist, zieht am oberen Rand des Vorhangs der Schatten eines Flugzeugs vorbei. Man hört das typische Geräusch des Motors.*

Indifferente Figur: *(crescendo)* Es fehlt der Sonnenuntergang zum Wein. Die Tränen hinter dem Lachen fehlen wie die Wasserflecken auf den alten Fotos. Es fehlt der vertraute Kratzer auf der Lieblingsschallplatte. *(Einzelne, sehr verschiedene Stimmen beginnen, Sätze von ihr aufzugreifen und zu wiederholen. Die Körper zu den Stimmen kommen von allen Seiten auf die Bühne spaziert, setzen sich teils hin, gehen teils auf und ab, ein hübsches Durcheinander. Erst sprechen sie nur in den zögerlichen Pausen der Figur, dann immer unbeschränkter, die Einzelstimmen verdichten sich zum Chor, der ihre Sätze durcheinanderwürfelt, während sie weiter spricht, der Chor wiederholt, betont anders, bis er die eigentliche Stimme völlig überdeckt.)*

Es fehlt das Schnurren zur Katze. Das Rauhe zum Weichen. In der Wiese fehlt der Stein.

Es gibt zu viele Bücher für den Abend. Es gibt zu viele Gläser für den Wein. Es ist zu viel Sicherheit in unseren Gesten. Die Neugierde ist erzwungen. Wunder sind greifbar wie niedliche Welpen. Die Tage sind gezählt, die Nächte haben uns verloren. Es fehlt die Angst, die nach Mut verlangt. Es fehlt der Donner zum Blitz. Der Matsch fehlt auf den Reifen. Es fehlt die kalte Luft rund ums Lagerfeuer. Zur Wahrheit fehlt die Lüge. Es fehlt der Polster unter dem Traum.

Während die Figur weiter spricht, die Worte völlig vom Chor überdeckt, beginnt es hinter dem Vorhang zu regnen. Die Figur steht auf, streckt die Arme in einer lächerlichen großen

Geste dem regnenden Himmel entgegen und schweigt jetzt. Auch der Chor schweigt, wie abgeschnitten, während sich das Licht verändert: Die farbigen Scheinwerfer verblassen unter dem Aufstrahlen eines einzigen weißen Lichts, das direkt hinter der Figur platziert ist. Vor dem Vorhang wirkt sie nun wie die Statue einer Göttin. Die Vernunft versucht sich aufzurichten, stöhnt auf, und sinkt wieder in die liegende Position. Der Chor läuft zusammen und stellt sich im Halbkreis links und rechts von der Figur auf, wodurch das statuenhafte noch stärker betont wird.

Halb zum Publikum, halb zur Figur gewandt, wiederholt der Chor noch einmal ihren gesamten Text, wobei der Vortrag immer schneller, leiser und monotoner wird. Als es still ist, beginnen die Scheinwerfer ganz langsam zu verblassen. Bis es dunkel wird, hört man verschiedenste Stimmen aus dem Chor zusammenhanglose Sätze sagen, mit einer Betonung als fände ein Gespräch statt, etwa so:

- Hast du die Zeitung gelesen?
- Auf meinem Rock ist ein Kaffeefleck.
- Ich liebe dich.
- Aber der Riesling, der war letztes Jahr besser.
- Ich muss noch einkaufen gehen.
- Ob er sie wohl gefickt hat?
- Das ist also dein neuer Wagen.
- Hörst du mir überhaupt zu?
- Ja richtig, im Künstlerhaus.
- Aber die Augen, weißt du? Diese Augen...
- Es ist schon wieder nichts im Fernsehen.
- Und stell dir vor, er hat zu heulen begonnen.
- Dieses Kleid? Mit der Figur?
- ...

Je dunkler es wird, umso mehr verdichten sich die Sätze, bis es zum Schluss klingt wie der Geräuschpegel in einem gut besuchten Lokal. Der Vorhang fällt.

Geträumtes & halb Geträumtes
(Sturmnacht remix)

Als ich das zweite Mal in jenem Winter auf dem Rücken lag, hilflos unter gleichgültigem Himmel, eine Nässe im Gesicht, von der ich nicht wusste, ob sie Regen war oder Tränen oder einfach nur da, als ich das zweite Mal in jenem Winter auf dem Rücken lag und auf die Wolken schaute, die über mir vorbeischwammen, da dachte ich wieder: So ist es also, wenn man stirbt.

Ich hatte keine Schmerzen, und das war gar nicht gut so. Aber wie beim ersten Mal war ich ganz ruhig. Ich lag da und dachte, dass es doch seltsam war, in dieser Situation so ruhig zu sein und keine Schmerzen zu haben, und ich wartete darauf, dass jemand, der den Lärm gehört hatte, ein Fenster auf und dann die richtigen Anrufe machen würde; ich zählte meine Atemzüge, jeden einzelnen erstaunlich ruhigen Atemzug, langsam, bis 25, aber es blieb ganz still.

Eben war es noch laut gewesen. Splitterndes Glas, mein schreiartiges Luftholen. Und dann der Donner des Aufpralls, lauter als alles, was ich jemals gehört hatte.

Vorsichtshalber dachte ich nach. Es wäre nicht gut gewesen, eine falsche Behauptung im Kopf aufzustellen, jetzt, wo ich wohl gleich sterben würde. Ich dachte an laute Dinge. An die lautesten Dinge, die ich in meinem Leben gehört hatte. War das eben lauter als der Wind im Freifall? Lauter als ZZ-Top? Lauter als der Eurofighter im langsamen Vorbeiflug? Lauter als das Schlagzeug im Studio, damals als die 50.000-Watt-Anlage in dem 15m2 Raum irrtümlich auf Anschlag aufgedreht gewesen war? Ja, die Erinnerung blieb lauter als alles andere. Ich hatte mich nicht belogen,

das nicht. Aber ich hatte über dem Nachdenken das Zählen vergessen. 25 Atemzüge zu etwa 4 Sekunden, das macht knapp eineinhalb Minuten. Wie lange hatte ich seither nachgedacht? Genau so lange, oder doch nur ein paar Sekunden? Es schien mir unendlich wichtig, die richtige Zeit seit dem Knall einschätzen zu können, und gleichzeitig wusste ich nicht, was daran wichtig sein sollte. Beim ersten Mal war es doch auch nicht wichtig gewesen. Nur die Luft und der Himmel und die Gewissheit, dass man so sterben könnte. Und dass das völlig unwichtig wäre. Für die Welt.

Ich hatte keine Lust zu sterben, damals nicht und diesmal auch nicht. Aber es gibt Dinge, die kann man sich nicht aussuchen.

5 Minuten, dachte ich. Das waren jetzt sicher schon 5 Minuten. Da kommt niemand mehr und macht ein Fenster auf. Vielleicht sollte ich rufen? Anrufen? Beim ersten Mal, das wusste ich noch, war ich erstaunt und ein bisschen neidisch gewesen, dass dieses andere hilflose ich neben mir einen Freund wusste, den man anrufen kann, mitten in der Nacht, einen der einfach kommt und hilft, ohne weitere Fragen zu stellen. Solche Freunde habe ich nicht, hatte ich gedacht, und mich sehr einsam gefühlt beim Blick auf die Wolken und mir dabei sehr leid getan. Erst viel später hatte ich verstanden, dass ich solche Freunde gar nicht aushalten würde. Sowas versteht man dann auch nur nüchtern.

Jetzt war ich nüchtern, aber anrufen konnte ich trotzdem nicht. Das Handy lag am Tisch, 4 Stockwerke über mir. Selbst wenn ich es bei mir gehabt hätte, meine Hand wollte sich nicht bewegen. Selbst wenn ich es bei mir und eine funktionstüchtige Hand gehabt hätte, wen hätte ich anrufen sollen?

Also blieb nur die Stimme. Hilfe! versuchte ich, und hörte nichts als den Wind. Mein Atem jetzt schneller, die Ruhe hatte mich verlassen. Ich konnte das gesplitterte Fenster sehen über mir, das eine kaputte unter den vielen intakten, und ich sah den Mond, der gerade um die Ecke kam. Ich versuchte, aufzustehen, die Gedanken wie ein Muskelkrampf in meinem Kopf, aber sonst bewegte sich nichts an mir. Ich dachte Bewegungen, hätte gern mit zwei Fingern die Nasenwurzel gerieben, um besser denken zu können, hätte mich gern im Nacken gekratzt, wie ich es tue, um im Gespräch Zeit zu gewinnen, aber ich konnte nicht. Konnte nicht einmal genau sagen, ob ich noch Finger hatte. Kein gutes Zeichen, dachte ich. Damals, bei diesem ersten Mal, da war zumindest alles noch da. Da war es nur zu mühsam, irgendwas bewegen zu wollen. Zu schwer. Da war aber auch nichts passiert gewesen. Keine 4 Stockwerke Freifall, zu tief für einen Basejump, zu hoch ohne Schirm.

Der Fensterflügel oben schwang im Wind hin und her, ein leises Quietschen bei jedem Hin, ein sanftes Knarren bei jedem Her. Beruhigend, beinah hypnotisierend. Wo ist das ganze Glas, dachte ich, unter mir vielleicht? Wie viele Lebensadern hat es durchtrennt? Und macht das einen Unterschied, nach diesem Fall? Qietsch - Knarr. Quietsch - Knarr. Der Atem wieder ruhiger. Ich fragte mich, warum ich atmen konnte, aber nicht schreien. Ich versuchte es nochmals. Es blieb still.

Seltsam, dachte ich. Mein Körper ist schon verschwunden, und der Rest hat auch nicht mehr viel Zeit. Warum ist dann alles so leicht und klar?

Weil du es so wolltest! - Eine neue Anwesenheit, klar und weit. Dunkel, aber nicht feindlich.

Aber wenn ich jetzt sterbe…, sagte ich zu meinem Tod, …wenn ich jetzt sterbe, dann denken doch alle, ich hätte mich umgebracht.

Es blieb still, wurde nur kühler.

Niemand wird sehen, wie glatt der Tisch war, dachte ich, so laut ich konnte, niemand wird sich fragen, warum ich eine Rolle Tape ums Handgelenk trage, niemand wird wissen, dass ich nur mein verdammtes klapperndes Fenster zutapen wollte, niemand…

Etwas wie ein Lachen, aber vielleicht war auch das nur der Wind. Von ferne ein Martinshorn. Vielleicht hat ja doch jemand angerufen, hoffte ich einen Moment lang, dann wurde es wieder leiser. Wenn ich nicht an den Verletzungen sterbe, dachte ich, dann sterbe ich an der Kälte. Wenn ich nichts mehr habe als meine Gedanken, dann ist das wohl auch gut so.

Ein Hauch von Zustimmung aus dem Dunklen, Fremden.

Dann nichts mehr.

Gemüsesuppe

Die Geschichtenfee schläft, und sie lächelt nicht einmal dabei. Kein Wunder nach einem halben Topf von dieser Gemüsesuppe, da braucht man nicht einmal eine Wolldecke, das wärmt von innendrin. Ob die Häuser noch stehen, wollte sie wissen, nach ein paar Löffeln Suppe. Ich musste gestehen, dass ich davon selbst nichts weiß.

Was sie denn schuldig sei, für die Suppe, hat sie noch gefragt, bevor sie die Füße auf den Tisch gelegt hat. Nichts, habe ich geantwortet. Geschichten habe ich schließlich selbst genug, und ihr Kleid hat keine Taschen.

Tuning through the frequencies

[pink noise, slow fade-in]

"...*dass aber dieses Leben überhaupt nur zu leben ist, wenn man sich freiräume schafft, notfalls innen; dass aber dieses schaffen von freiräumen, das früher zu hochleistungen auf künstlerischem und wissenschaftlichem gebiet geführt hat, heute bestenfalls freundlich als eigenheit des jeweiligen menschen, als hobby, als gerade noch akzeptable macke, geduldet wird, dass aber ein mensch, der sich diese freiräume schafft, schaffen muss, ebensogut als verrückt eingesperrt, als nutzlos abgestempelt werden kann, das ist die seltsam verzerrte wahrnehmung einer zeit, in der der wirtschaftliche erfolg als einzig...*"

[slow fade-out, pink noise]

nacht, elektrisch

an den ecken und kanten meines schlafes warten sie, kleine spitze stromstöße, machen mich für sekundenbruchteile hellwach. im wiederversinken lauern gesichter, vorwurfsvoll, traurig. ich habe doch nie etwas versprochen, sträube ich mich. ihre enttäuschung ist stärker. da bleibt keine hoffnung und kei-

23

ne zweite chance. ich habe versagt: meine träume sind in die jahre gekommen. das hätte man von mir nicht gedacht. auch ich hätte mehr von mir erwartet, um ehrlich zu sein.

leise beginnt es zu regnen. ein boot voller elfen legt an meiner bettkante an. sie beginnen mich zu zerlegen. setzen mein sonnengeflecht als segel. kitten mit meinem thalamus ihr zerbrochenes steuer. schneiden die hälfte von meinem herzen heraus, es wird bei flaute den hilfsmotor antreiben. ein auge ein ohr ganz oben am mast: sie messen den wind.

dann drehen die lichtgestalten ab. ein teil von mir ist jetzt wieder da draußen. immerhin.

Die Muse

Die Muse küsst nicht, sie beißt. Da gibt es kein Entrinnen. Da hilft nur schreiben und wieder schreiben, und später, wenn die Worte ausgegangen sind, hilft nur Musik und nasse Farbe auf einem weißen Blatt. Die Hände voller Farbe & Tinte, auf irgendeinem Bildschirm wird demonstriert, in Ägypten, in Saudi-Arabien, auf der Mariahilferstraße. Ich würde mich gerne dafür interessieren, weil es wichtig ist, weil es stark ist, aber ich sitze am Boden, die Musik lauter, als meinen Nachbarn lieb ist, und schmiere Acrylfarbe auf Papier. Die Muse: Kein hübsches Mädchen im Sommerkleid, sondern Sumo-Ringerin mit einem bösen Glitzern in den Augen. Sven Regener singt von 3 Finger breit Gin in seinem Glas, und die hätt ich jetzt auch gern, aber die Bar ist woanders und mein Kühlschrank ist leer. Macht es denn einen Unterschied, ob ich etwas sage zu den Ereignissen des Tages? Nein, macht es nicht, das Schweigen macht mich nur dunkel. Und ein bisschen ängstlich vielleicht. Macht es denn einen Unterschied, ob ich schreibe, singe, male? Nein, macht es nicht, aber ich fühle mich anders, stärker, vielleicht sogar freier: danach.

Anderswelt

*Im Bett versunken wie ein
Luxusliner im Ozean.*

Auto-Pilot

Grünes, fettes Land mitten in der Anderswelt. Nur dieses Auto ist von hier. Du fährst und ich navigiere. Du fährst weg und ich gehe spazieren. Ich fahre und suche dich. Wir fahren einen Abhang hinunter, dann keine Straße mehr. Das macht nichts, das Auto fliegt. Warum fliegt denn der Wagen fragst du, weil ich es so denke, antworte ich. Ein Fallschirmspringer fliegt winkend vorbei, du hast wie üblich vergessen das Licht aufzudrehen. Ich versteh das nicht, wie kann es fliegen ohne Flügel, fragst du. Hör auf darüber nachzudenken sonst stürzen wir ab.

Brainwood Forest

"Großhirnrinde" läuft wiederholt und unerklärt über die meterhohe elektronische Werbetafel. Es ist dunkel, viel zu dunkel. Viele Lichter sind ausgefallen, andere funzeln nur noch anstatt zu leuchten. Ich suche jemanden, der mir gemailt hat, es wäre doch das beste, so zu sterben, dass keiner weiß, dass man sich selbst getötet hat. Mein Auto ist das einzige in der Tiefgarage, und es springt nicht an.

Der verkappte Selbstmörder ist in Berlin, sagt der Penner, der ein alter Freund ist. Berlin ist viel zu weit weg. Er möchte gerne Schafe züchten, in der Provence, sagt der Penner, aber dazu braucht er einen Hund. Ich soll den Typen doch sterben lassen, sagt der Penner, er läuft neben mir her, als ich weiter durch die Stadt ziehe, des Menschen Wille ist sein Himmelreich, und er lacht schallend. "LSD" blinkt die Werbetafel jetzt, erwartungsgemäß bunt und mit Sternchen.

Ich studiere den Fahrplan an der Bushaltestelle. Nach Berlin geht es zu Vollmond und zu Neumond, aber nur bei Schönwetter. Nach Wien "täglich, irgendwann". Ein Mini-Hubschrauber landet, und der Pilot fragt nach dem Weg zum Zoo. Der Tiger auf der Rückbank wird langsam hungrig, meint er besorgt. Der Tiger putzt gerade seine Pfoten, wie Katzen es tun, und schnurrt laut dabei.

Der Pilot wird mich nach Berlin bringen, wenn ich ihm helfe, den Tiger loszuwerden, denke ich und steige ein. Der Tiger rückt unwillig zur Seite und legte seinen Kopf auf mein Knie.

Wasser

Wasser, viel Wasser. Am Boden und in der Luft. Das lädt nicht ein zum Ausgehen. Das sagt: Bleib im Haus. Trotzdem gehe ich. Um zu wissen. Um zu erfahren.

Kleidung klebt nassgeregnet an meinem Körper. Die Haare auch. Wind geht. Wie gut, dass es nicht kalt ist.

Blitze, wunderschöne Blitze aus allen Richtungen, gar nicht bedrohlich, eine Kunstform für sich. Kein Mensch weit und breit, das ist ungewöhnlich. Oder doch: einer. Lass uns tanzen, sagt er.

Im Strandcafé spielt eine Rockband, auch sie völlig durchnässt. Sie spielen eine Kollektion von Regenliedern und lachen dabei.

Wieso die Fender so wunderschön singen kann, frage ich mich, wo doch die Anlage längst der Feuchtigkeit zum Opfer gefallen sein müsste.

Ich tanze, wie ich noch nie getanzt habe, frei in meinen Bewegungen: Als würde ich schweben.

Ich muss zum Boot, sagt der andere. Ob ich mitkommen will, fragt er nicht. Leicht streift er mit der Hand über meine Wange, bevor er geht.

Ich stehe und schaue, bis er im Regen verschwindet. Dann trage ich vorsichtig die flüchtige Berührung nach Hause.

Blaumondtraum

Ich schreibe einen Brief. Ganz altmodisch, mit der Füllfeder. Ich lege den Kopf schief und sehe der nassglänzenden Tinte beim Trocknen zu, während ich weiterschreibe. So wie ich es früher immer gemacht habe.

Ich liege in meiner alten roten Netzhängematte und überlege, ob ich den Brief abschicken soll oder ihn selbst vorbeibringen. Ich war schon lange nicht mehr in meiner Stadt. Als ich zurück in die alte Küche gehe, hat jemand rote Strichmännchen in meinen Brief gemalt. Ich bin sehr wütend. "Aber das sieht doch viel freundlicher aus, so" sagt E. "Der Brief war viel zu ernst."

Ich weiß nicht, was mich wütender macht: Die Strichmännchen - oder dass sie den Brief gelesen hat. Ich zerreiße den Brief in winzige Fetzen, so, dass man kein einziges Wort mehr lesen kann. Ich werfe die Fetzen in den Garten, der jetzt voller Schnee ist. Die Tinte färbt den Schnee, blaue und rote Flecken im Weiß, die ineinander verlaufen. M. hüpft vor Freude und will ein Bild davon malen.

Ich nehme die Säge und säge mein Zimmer vom Haus ab. Das dauert lange und ist ziemlich anstrengend. Endlich sind alle Balken durch. Bevor ich abreisen kann, muss das Zimmer gedreht werden, damit man den Tank befüllen kann. M. hilft mir und fragt, ob er mitkommen kann. "Warum nicht", sage ich und fülle Benzin in den Tank. Um den Motor in Gang zu setzen, muss man eine Kerze auf dem Tisch anzünden. Die Richtung gibt man mit der Stereoanlage an: Der Raum fliegt dorthin, wo die Musik aufgenommen ist. M. schlägt vor, das Radio laufen zu lassen. "So machen wir eine Weltreise", sagt er und lacht. Ich will nicht um die Welt reisen und lege einen Sirtaki auf.

Es ist Nacht geworden und wir fliegen dicht über den Wolken. Eine Möwe setzt sich auf das Bücherregal. Zwischen ihren Federn blinkt es golden. Mit dem Schnabel wirft sie ein Buch auf den Teppich. Es bleibt aufgeschlagen liegen. Die griechischen Buchstaben glitzern im Licht der Sterne; es ist das Gedicht von dem Mann und den Rosen, sehe ich mit einem Blick, bevor das Buch wieder zuklappt. Die Möwe lacht und fliegt davon. "Ich weiß nicht, ob unter den Wolken überhaupt noch Land ist" sage ich zu M. "Ist doch egal", antwortet er.

Er hat begonnen ein Bild zu malen und verwendet unser Reservebenzin, um die Pinsel auszuwaschen. Er malt meine Stadt. "Da oben, auf dem Hügel, stehen doch keine Häuser!" sage ich zu ihm. "Jetzt schon", antwortet er.

Er beginnt den Kasten zu zerlegen, um einen Rahmen für das Bild zu bauen. Wenn es einen Rahmen hat, kann man hineingehen. Ich liege auf der Matratze und schaue in den Himmel. Zwischen den Wolken geht gerade der Mond auf.

Surreal

Heruntergekommene Wohnung in heruntergekommenem Haus. Immerhin ist es warm - kubawarm.

Der Wasserhahn sitzt knapp unter der Decke - aufgedreht wird durch einen kräftigen Klaps auf die Wand. Man muss aber schon wissen, wo. Sie hätte halt ihren Pelzmantel nicht dazwischen hängen sollen, wozu braucht sie hier auch eine Pelzmantel? Ich trockne ihn trotzdem ab.

Keiner will durchs einsturzgefährdete Stiegenhaus gehen, deshalb haben wir eine Leiter runter zur Straße. Es wird dunkel. Wir suchen ein Lokal. Das einzige Lokal, in dem man essen kann, ist klein und stickig. Von der Bühne schmachtet eine Frauenstimme brasilianischen Tango. Kein Ahnung, was an dem Tango brasilianisch ist. Das Essen ist fett und schwer.

Das Lebensmittelgeschäft wird aufgelöst, ich kaufe ein, Kiste um Kiste, hauptsächlich Obst und Gemüse. Hinter mir an der Kasse ein Pärchen, er sieht aus wie der Junge Reinhard Mey und hat es sehr eilig. Kein Problem, wenn er mit seinen Kisten an meinen Kisten vorbeikommt. Ich beginne derweil Pfirsiche zu schälen und zu vierteln und verteile sie an Passanten, dort, wo die Wand fehlt.

Wie bringe ich denn das alles nach Hause, denke ich. Kein Problem, sagt die Kassiererin, das ist schon bei ihnen. Wie hat sie das gemacht?

Ganz einfach, man sagt einen Ort, und die Hintertür geht auf den Ort hinaus. Versuchen sie es ruhig, sagt sie. „Zoo" sage ich, öffne die Türe und stehe vor dem Affenkäfig. Ich mach die Tür zu. „Markt", Tür auf, und ich stehe mitten am Bazar. Die Kassierin lacht.

Ich sitze in der Straßenbahn, den Laptop auf den Knien. Einer pinkelt durch den nicht-schließenden Türspalt aus dem fahrenden Wagen. Der Schaffner kommt, ein umgedrehtes Bügeleisen in der Hand, aus der Fahrerkabine. Auf dem Bügeleisen ein Topf mit Wasser. Offenbar hat er auf die Art Kaffeewasser gekocht. Er will nach hinten, stolpert und verschüttet das Wasser. Auf den Knien benutzt er das noch heiße Bügeleisen, um das Wasser wegzudampfen.

An der nächsten Station steige ich aus. Der Schaffner bringt mir meine Kleider, die ich wie alle Passagiere beim Einsteigen gegen ein großes blaues Leintuch eingetauscht habe. Es ist nicht leicht, auszusteigen, weil von draußen ein paar Leute hereindrängen. Zuerst aussteigen lassen, schimpfe ich, und werde belehrt, dass man hierzulande die Leute zuerst einsteigen lässt. Ich lasse mich nicht beirren und dränge mich hinaus. Ein kleines schwarzes Mädchen hält mir einen empörten Vortrag.

Ich gehe über die staubige Straße, auf ein paar niedrige Hütten zu. Ein zotteliger Hund mit drei Beinen wirbelt im Kreis und kläfft dabei. In den Hütten ist niemand, aber keiner hat sich die Mühe gemacht, abzusperren. Da liegt ein unförmiges Paket mit meinem Namen drauf. Ich nehme es und gehe zurück zur Haltestelle.

Da steht das kleine Mädchen und weint. Was denn los ist, frage ich sie, in der Befürchtung, ich hätte sie beleidigt. In der Straßenbahn ist ein Mann mit einem Fotoapparat, deshalb konnte sie nicht einsteigen. Ich verstehe nicht warum.

Ein Fahrrad mit Helikopter-Rotor fliegt über uns und wirft mir ein Seil zu. Ich knüpfe ein paar Knoten und hänge mich ans Seil. Es ist ziemlich bequem. Er setzt mich am Dach meines Hauses ab.

In der Wohnung 3 Freunde, die aus dem von mir kistenweise gekauften Obst Marmelade kochen. Ich bin entsetzt. Ich wollte es doch einfrieren und dann zum Konzert Obstkuchen backen. Dazu habe ich schließlich das Gefriertruhen-Selbstbau-Set geholt.

Ich packe das Paket aus: Ein riesiges aufblasbares Zelt, drei Steine, ein paar Metall-Leisten. Und ein winziger Chip. Wir blasen das Zelt auf, basteln die Leisten zusammen, so, dass die Steine direkt übereinander hängen. Der Chip kommt in die Türe. Augenblicklich ist es eiskalt im Zelt. Von außen sieht es aus wie ein fluoreszierendes Tipi. M. findet es hässlich. Ich finde, es sieht gemütlich aus.

Durch die Tür stürmen 3 Uniformierte. Das Kühlzelt schrumpft sofort auf Chipgröße zusammen. „Sie sind in der Straßenbahn fotografiert worden", schreien sie mich an. Sie wollen meinen Laptop. Den habe ich gegen das Obst eingetauscht, sage ich. Sie versuchen, mir Handschellen anzulegen, aber die Handschellen schließen nicht. Dann ist sie die falsche, folgern die Soldaten und entschuldigen sich. Ich schenke ihnen ein paar Pfirsiche, bevor sie wieder gehen.

Das Zelt kehrt zu seiner ursprünglichen Form zurück. Die ganze Zeltplane ist Bildschirm, und es kann viel mehr, als der Laptop konnte. Ich hänge ein Starterkabel an die Wasserleitung, und es kann sogar Internet.

Der Schlaf

Nachts um 4 verlässt mich der Schlaf. Ohne ein Wort der Erklärung ist er dahin, und ich warte eine Weile, ob er wieder kommt. Nichts. Kein Schlaf, keine Geschichten in meinem Kopf, keine Reality-Shows hinter den Vorhängen meiner geschlossenen Augen. Nichts.

Ich stehe auf und suche ihn, auf flimmernden Bildschirmen, ob er vielleicht draußen auf der Straße steht, überprüfe ich durchs Fenster: nichts; zwischen den Seiten eines Hochglanzmagazins

hat er sich nicht versteckt und auch im Kühlschrank keine
Spur von ihm.

Schließlich aber steigt er gütig herab aus den Rauchkringeln
einer Verzweiflungszigarette, und wir lächeln uns an und gehen gemeinsam zurück ins Bett.

Dann aber die Träume. Finde mich wieder im alten Haus um
meine kleine Tochter zu besuchen. Die ist zuerst ein Baby und
während ich sie im Arm halte, wächst sie heran bis ins
Schulalter, und ich denke, dass sie ihrem Vater zusehends ähn-
licher wird, und ich habe ein schlechtes Gewissen, weil ich
durch die Welt reise und mich nicht um sie kümmere, und
mittlerweile ist eine Party im Haus, und jemand will meiner
Tochter nichts Gutes, wofür ich ihn furchtbar verprügle, und
davon befriedigt wache ich auf.

Und ich denke, dass die Traumtochter natürlich meine in den
letzten Wochen vernachlässigten Projekte verkörpert, und bin
froh dass sie trotzdem gewachsen ist.

Und dann schlafe ich noch einmal ein, und sie hat auf mich gewartet in der Schlaflandschaft, und jetzt reisen wir gemeinsam
durch die Welt, von Bühne zu Flugplatz zu Bühne, und sie
wird immer schöner. Und das Leben auch.

Wüstenträume

Diese Stadt am Berghang in der Wüste, die immer wieder
auftaucht in meinen Träumen. Herrscherin war ich dort schon,
Reisende und Stadtschreiberin. Und wenn ich nicht dort bin im
Traum, dann hängt irgendwo in einem Traumzimmer ein Bild
dieser Stadt, oder jemand erzählt, dass er gerade von dort
zurückgekommen ist. Aus „der Stadt". Es gibt nur eine.
Heute Nacht war der Mann da, der meine Stadt zerstört hat,
Manu: „Mit der Hand" hat er seinen Namen damals erklärt,
„weil ich meine Finger überall drin hab" - und niemals mehr
von sich preisgegeben als unbedingt notwendig war. Als er mir
vorgestellt worden ist, damals, im kaum begreifbaren Wirk-
lichleben, hat er mir die Hand gegeben, und mit der Berührung

kam ein Bild: Ich in einem goldenen Herrscherinnenkleid, zu Fuß, vor den Toren der damals schon traumvertrauten Stadt, und ich bitte ihn, zu Pferd, meine Stadt zu verschonen - aber er lacht nur und winkt seinen Leuten, vorbei an mir, und meine Stadt brennt und Menschen schreien und weinen. Und dann seine Stimme: „Ich heiße Manu. Und ich habe deine Stadt zerstört." Als er meine Hand losließ, verschwand auch das Bild.

Wir sind trotzdem freundlich miteinander umgegangen, und viel später, nach einem großen Topf Glühwein, kam er noch einmal darauf zurück und sagte: „Das mit deiner Stadt habe ich bereut, glaub mir. In vielen Leben." Und keiner von uns hat bezweifelt, dass das wirklich irgendwann und irgendwo genau so passiert ist; ich nicht und er nicht und all die Freunde und Freundinnen auch nicht, in dieser um 10 Jahre verspäteten Hippie-WG, in der magische Lehrbücher und psychoaktive Pflanzen so normal waren wie es mir heute das Javascript-Handbuch und der Bildschirm sind.

Manu. Der die Gitarre nehmen konnte und einen Song aus der Luft greifen, der Wort für Wort und Reim für Reim die augenblickliche Situation wiedergab, ohne dabei improvisiert zu klingen. Uns erschien das wie Magie damals, als könnte er durch die Zeit reisen. Schnell mal in die Zukunft, dort in Ruhe den Song geschrieben und dann wieder zurück, ihn vorzutragen.

Verstärkt wurde der Eindruck noch durch Bemerkungen, „stand da nicht ein Hochhaus?" fragte er einmal angesichts einer Baulücke am Stadtrand. „Nein!" versicherten wir, die wir schon immer in dieser Stadt gewohnt hatten. „Komisch", sagte er, „Ich war sicher, dass hier ein Hochhaus gestanden hat."

Heute, viele Jahre später, steht dort übrigens wirklich ein Hochhaus, ein einziges, inmitten der zwei- bis dreistöckigen Althäuser. Seltsam, irgendwie. Obwohl es andererseits nicht schwer war, angesichts der boomenden Mittachziger, überall Hochhäuser aus dem Boden schießen zu sehen.

Manu also, mit seinen schwarzen Haaren und den blauen Augen, mit der Stimme und den Liedern, von denen wir alle nie genug kriegen konnten, Manu hat mich heute im Traum besucht. Genauer gesagt, er saß schon dort, als ich vorbeikam, an einer Ecke des großen Platzes der goldenen Wüstenstadt, die sich an den Berghang schmiegt. Eine für mich ganz neue Aufgabe hatte ich in diesem Traum, die Stadt zu vermessen, zu kartographieren, mit schwerem alten Gerät war ich dabei, das zu tun, und dann bog ich um die Ecke, und da saß Manu, am Boden, in Beduinenkleidung, im Schneidersitz.

Und er sang ein Lied, mit dieser Stimme, die ich vergessen hatte in all den Jahren, ein Lied von meiner Stadt, die auf Regen wartet, und das stimmte: Es war sehr heiß und sehr trocken. Ein Bote ritt vorbei, zum Palast hin, und das Lied ging weiter, es wird keinen Regen geben, sagte das Lied, sagte die Stimme, denn es kann nur regnen, wenn die Prinzessin weint, doch die Prinzessin hat das Weinen verlernt.

Dann hörte er auf zu singen, griff in seinen Umhang und holte ein Kästchen hervor, eine dieser messingverzierten Beintruhen, wunderschön, und er gab mir das Kästchen und ich verstand: Da drinnen sind die Tränen der Prinzessin und die Geschichten aus der Anderswelt. „Aber Vorsicht", sagte er, „du kannst es nur einmal öffnen. Wenn du den falschen Zeitpunkt wählst, ist alles verloren." Und er lächelte noch einmal und nahm wieder die Gitarre und schloss die Augen: Gitarre spielen kann ich nur mit geschlossenen Augen, hat er auch in der Wirklichwelt einmal gesagt.

Der eine, der alle ist

Ich gehe durch eine Stadt. Eine seltsam vertraute fremde Stadt. Kopfsteinpflaster unter den Schuhen. An einem Zoo vorbei. Das Licht: Mediterraner Mittag. Hitze stört nicht. Wind vom Meer her. Straßenleben. Dinge die klein sein sollten sind groß. Dinge die groß sein sollten sind klein. Jemand fängt ein Zebra in einer Kaffeedose. Er spricht eine Sprache, die klingt wie Musik. Ich kenne die Sprache nicht, aber ich verstehe sie. Das Zebra schrumpft, erklärt er mir. Deshalb muss es zum Tierarzt.

Das Zebra wiehert in der Kaffeedose. Die Luft fühlt sich an wie kurz vor dem Gewitter. Kein Wolke weit und breit.

An einem Ding, das aussieht wie eine Mischung aus Regenschirm und Flugdrachen, hängt eine Hollywoodschaukel. Es fliegt lautlos vorbei. Drei Bekannte sitzen auf der Hollywoodschaukel und winken mir, ich soll ihnen folgen. Ich laufe dem Ding nach. Es landet in einem Garten, der überall ist. Überallhin wären es nur ein paar Schritte. Noch mehr Freunde hier. Und der eine, der alle ist. Das fliegende Spielzeug läuft mit einer neuartigen Magnet-Technologie, erklärt man mir. Um zu starten, zu lenken oder zu landen, muss man große Eisenstücke, die auf den Stangen sitzen, in bestimmte Positionen bringen. Geht ganz leicht. Verbraucht keinen Treibstoff.

Wir wollen etwas essen gehen. Wir wollen etwas trinken gehen. Auf dem Weg dorthin will ich die Freunde in ihrem Fluggerät filmen. Es sind zu viele Bäume hier, ich kann sie nicht sehen. Auf einer Stromleitung balanciert meine Familie. Ich rufe sie nicht, denke ich, sonst verlieren sie das Gleichgewicht. Ich filme sie.

Wir sitzen in einem Lokal, das zu hell ist und zu stylish. Der eine, der alle ist, erzählt. Mit jedem Satz wechselt er die Gestalt. Das beunruhigt mich nicht. Das ist schon richtig so. Während er sich verwandelt, lege ich meine Hand auf seine Brust. Die Hand spürt alle Unterschiede. Alle Ähnlichkeiten.

Währenddessen ist das Gespräch versiegt. Die anderen gehen. Auch wir gehen, Hand in Hand. Draußen im Garten, der überall ist, stimmt etwas nicht. Wo der Brunnen sein sollte, steht ein Grab. Ich gehe hin, um es mir anzusehen. Goldregen in einem Glaszylinder. Daneben ein Brief, feucht, vergilbt. Erzählt von einem Mädchen, das eine Krankheit hatte, die erst verblödet und dann tötet. Ein Missionar hat den Brief geschrieben. 'Sie war wie eine Tochter für mich', schreibt er. 'Da war nichts mehr zu machen. Ich fahre jetzt nach Paris, dort werde ich gebraucht.'

Auf dem Brief ist ein Bild des Missionars, schwarzweiß. Kein Bild von dem Mädchen. Aus irgendeinem Grund weiß ich, dass sie blond und langhaarig war. Das Bild vom Missionar ist aus dem 19. Jahrhundert. Ich verstehe, dass das eine sehr alte Geschichte ist.

Neben dem Grab ein Hebel. Wenn ich ihn umlegen würde, würde ich ein anderes Grab sehen. Die Gräber auf diesem Friedhof liegen nicht nebeneinander, sondern hintereinander in der Zeit.

Ich drehe mich um und gehe. Der eine, der alle ist, ist verschwunden. Auch sonst ist der Garten leer. Das Insektensummen verstummt. Alle Bänke, Denkmäler, das Grab verschwinden. Nur mehr Wiese und Bäume. Das Licht wie kurz vor dem Dunkelwerden in einem nordischen Sommer. Die Tore, die aus dem Garten überallhin führen, sind versperrt, versiegelt. Langsam verstehe ich, dass ich tot bin.

Kasachstan

Es ist Fasching in der Altwelt, und E will mir eine Verkleidung schenken. Sie hält sie hoch und schwenkt sie und hält dann einen Vortrag darüber, dass sie nicht immer alles verschenken kann. Ich wickle mich stattdessen in mein buntes Tuch und schminke meine Augen indisch, das geht auch. Ich begleite die Kinder auf ihrem Weg durchs Dorf, alle singen, wenn wir vorbeigehen. Nur bei M. steht niemand auf der Straße. Wenn die Jalousien oben sind, darf man läuten, wenn sie unten sind, nicht. Aber was bedeutet es, wenn eine Jalousie oben ist und die andere unten?

Ich lasse die Kinder alleine und gehe zum Bahnhof. Ich muss den Zug nach Kasachstan erwischen. Warum ich denn nicht fliege, fragt mich eine alte Frau. Weil es ausgemacht war, dass ich mit dem Zug komme, antworte ich. Sie rückt vertraulich näher und erzählt mir, dass Olof Palme ermordet wurde, eine Schweinerei sei das. Der Beamte am Fahrkartenschalter sagt mir, dass der Zug eineinhalb Tage Verspätung haben wird und drückt mir als Entschädigung ein Packerl Gummibärlis in die Hand.

Ich sitze am Bahnsteig und warte. Ein Besoffener torkelt durch die Halle und singt die Internationale. Daraufhin wird der Bahnhof abgeriegelt und der Besoffene von fünf schwerbewaffneten Polizisten abtransportiert. Glauben Sie, dass es in Kasachstan besser ist? fragt mich die alte Frau besorgt. Keine Ahnung, sage ich. Dann taucht unser Zug auf, eine alte Dampflok vorne dran.

Falsch verdächtigt

Vom Berg und an der Autobahn entlang mit den Fahrrädern, seltsam bullige BMX-Dinger sind das. Jemand steigt zu mir auf und ich brettere den Abhang hinunter, bremsen oder nicht bremsen? Als ich mich entschieden habe, ist es zu spät. Also nur noch lenken, es rauscht sich gut, und wir erreichen den Eingang zu der kleinen Universitätsstadt in den Bergen. Meine Passagierin steigt ab und bedankt sich überschwenglich. Der Sufi bremst sich neben mir ein und grinst ein zufriedenes Geschwindigkeitsrauschgrinsen.

Es ist gar keine Stadt, ein winziges Dorf ist es und mitten drin ein riesiger Universitätskomplex. Berge und Dorfarchitektur vertraut als wäre es bei uns, aber es ist doch irgendwie im Süden. Dennoch wird hier Deutsch gesprochen. Der Herr Sufi ignoriert wie üblich alle Schilder und stürmt die Treppe hinauf, an der "Ausgang - kein Zutritt!" steht. Eine Menschenmenge kommt uns entgegen. Ich habe Mühe, mein Fahrrad über die Zutrittsbarriere zu stemmen, während er oben schon mit dem Verantwortlichen diskutiert. Schwarz, schwarzer Bart, schwarze Kleidung. Der Mann sieht mich böse an und sagt: "Für Sie habe ich garantiert keinen Job, wenn Sie schon die einfachsten Regeln missachten." - "Wieso Job?" frage ich und will erklären, dass wir von hier berichten sollen, der Sufi und ich, ein schönes Stimmungsfeature über das Studieren in den Bergen. Der Sufi aber ignoriert ihn und zieht mich an der Hand in das Gebäude, mein Fahrrad bleibt stehen. Durch Keller und Abstellräume kommen wir ins Hauptgebäude des Komplexes, wieder lange Treppen, ganz oben ein Restaurant aus Glas. Mit bleibendem Staunen bewundere ich die Landschaft, während wir Kaffee trinken. Von weither grollt sich ein Gewitter heran. Wie wunderbar die Wolken wechseln mit dem blauen Himmel, vor und hinter den schroff-grünen Berghängen.

"Wir sollten zum Hotel fahren", sagt der Sufi, "bevor die Ausrüstung nass wird." Er trinkt aus und will das Auto holen. "Mein Fahrrad", sage ich. Ich werde es holen, dann treffen wir uns wieder. In den gläsernen Gängen mit vielfältigen Lichtinstallationen verlaufe ich mich ein ums andere Mal, lande schließlich in einer kombinierten Bibliothek und Buchhandlung, auch hier viel Glas auf 3 offenen Ebenen, dazu Holzbänke, und eigentlich möchte man sich hinsetzen und verlieren in der Büchervielfalt. Ich denke, man könnte ja auch das Gewitter hier abwarten, da ruft mich eine Frau. Sie hat mich erkannt, sie hat uns hierher eingeladen. Sie kann mich zu meinem Fahrrad bringen.

Vor dem Ausgang der Bibliothek ein gemütlicher Gastgarten, Schirme, alte Bäume, Studenten sitzen hier und lernen, lesen, tratschen. Plötzlich Aufruhr und Schreie, irgendwo um die verwinkelte Ecke. Ein seltsames Geräusch, riesige Tropfen müssen das sein auf den Platanenblättern, aber seltsam, immer drei: Pfltsch-pfltsch-pfltsch, kurze Pause, dann wieder drei. Das sind keine Tropfen, begreife ich ich dann, es sind Schüsse, und schon pfeift eine Kugel heran und bringt die Glaswand zum sirren, laut und intensiv. Die Schussgeräusche dagegen bleiben klein und blass, während Hektik ausbricht. Um die Ecke fällt einer mit einem großen roten Fleck auf der Brust, auch im Gastgarten die ersten Treffer. Ich laufe in die Bibliothek zurück, hoffe, dass die Scheiben halten. Meine Führerin spricht hektisch in ein Funkgerät, dann sieht sie mich. "Lauf!" sagt sie und zeigt in eine Richtung. Ich laufe, die Treppe hoch, andere um mich herum laufen auch, zerstäuben dann in verschiedene Gänge. Dort, wo ich hin soll, wieder ein gläserner Gang. Da unten liegen Menschen, erschossen, angeschossen. Immer in Dreier-Gruppen, so wie die Schüsse fielen. Fotografieren, denke ich, das muss man fotografieren, damit niemand sagen kann, es wäre anders gewesen. Jemand muss das festhalten, damit niemand es anders erzählen kann. Meine Kamera ist im Auto. Hat denn niemand eine Kamera? Niemand hat eine Kamera, und es ist auch niemand interessiert, denn das Geräusch der Schüsse hat sich verändert, hallt jetzt bassig durch den Bibliothekssaal. Folgt uns in den Gang. Ich bin nicht schnell genug. Eine Treppe führt nach unten, ich lasse mich fast hinunter fallen, eine weiße Tür, angelehnt, dahinter Turnsaalgarderoben.

Hier ist nichts mehr mit Glas und Glamour, Kellerfitnessstudioumgebung, ich ducke mich zwischen zwei Garderobenkästen und habe doch kaum Hoffnung, sie werden mich gesehen haben, sie werden mich atmen hören. Schritte auf der Treppe. Ein blondes Gesicht an der Tür vorbei, "Alle! wir müssen sie alle kriegen!" - "Dort!" eine andere Stimme, die Schritte entfernen sich, dann wieder Schüsse. Ich warte, lange. Unsicher. Was jetzt?

Mein Telefon läutet. Der Sufi. "Das verdammte Auto springt nicht an." Ist auch besser so, sage ich. Hier wird geschossen. Bleib wo du bist, ich bin gleich da.

Jetzt ist nichts mehr verwirrend an den Gebäuden, ich finde die Ankunftstreppe ohne Probleme. Der Dunkle sitzt oben in einem Campingstuhl und liest in der Zeitung, als wäre nichts geschehen. "Da unten wird geschossen" sage ich zu ihm. "Ich weiß. Hab's ohnehin satt." Er schaut kaum von seiner Lektüre auf. Mein Fahrrad ist weg. "Nehmen Sie meins." Er hat offenbar vergessen, wie zornig er uns war.

Sirenen und Hubschrauberlärm begleiten mich aus dem Dorf. Auf einer verlassenen Tankstelle zapfe ich einen Kanister voll Diesel, vielleicht ist ja nur der Tank leer, denke ich. Auf dem Parkplatz sitzt der Sufi und brät ein Steak am Campingkocher. Wir sollten verschwinden, sage ich. Nach dem Essen, sagt der Sufi. Am Parkplatz vorbei gluckert ein kleines Bächlein, der Sufi hat seine Hängematte in den Bäumen aufgehängt. Ein Polizeiwagen biegt auf den Parkplatz ein. Der zerzauste Landpolizist schaut zögerlich drein und fragt, ob wir etwas gesehen haben. "Ja," fange ich an "Nein!", unterbricht mich der Sufi und bietet dem Polizisten ein Stück vom Steak an. Der schüttelt bekümmert den Kopf und geht.

Ich schalte das Radio ein. In der Bibliothek hat es angefangen, erzählt der Sprecher, dunkle Männer seien es gewesen. "Es war ganz anders" sage ich. Der Sufi nickt. "Auf der Straße hat es angefangen. Und der Mann war blond", sage ich. "Hmhm" sagt der Sufi nur.

Wir fahren durch das Dorf. "Hier in dieser Gasse", sage ich. Die Gasse, in der die Erschossenen gelegen sind, ist sauber und aufgeräumt. Die Gastgärten sind gut besucht. "Lass uns einen Kaffee trinken", beschließt der Sufi. Ich will das nicht, nicht da, wo vor ein paar Stunden noch Tote und Verletzte gelegen sind, aber er ist schon ausgestiegen. Alles sieht aus, als wäre nie etwas passiert. Nur drüben am Eingang zur UNI stehen ein paar Einsatzfahrzeuge.

Zwei Polizisten führen den Dunklen vorbei, in Handschellen. "Er war das nicht!" rufe ich. "Ich weiß" sagt der Polizist und knufft den Dunkeln in die Seite. Der zwinkert mir zu. "Er hat nur gelesen," sage ich, "Er hat mir sein Fahrrad gegeben!" - Aber mein Satz ertrinkt in den Kirchenglocken, die plötzlich läuten, sehr laut, und nicht mehr aufhören wollen. Die Schallwellen zeichnen Kringel in den Kaffee.

Conclusio

Von nirgendwo legt sich ein Arm um meine Schultern, ein kantiges, nicht junges Gesicht schiebt sich in mein Blickfeld; so nah, dass wir dieselbe Luft atmen, und sagt mit Lagerfeuerstimme: „In the end, we're always alone". Ich schaue von der Seite her in seine Augen, die erst blau sind, dann wieder braun, dann wieder blau, während er die untergehende Sonne nicht aus den Augen lässt, während sich unsere Atemwölkchen vermischen; auch seine Gesichtszüge verändern sich, indianerartig erst, dann slawisch, und ich verstehe, dass dieser alte Mann ein Teil von mir ist, dass ich einen inneren Alten habe, so wie andere ein inneres Kind haben; diese Conclusio erfolgt schon im Halbschlaf, der noch ein Weilchen andauert, und ich mag den alten Mann.

Gezeiltes

Und wieder diese schmale Grat
zwischen Zynismus
und Zärtlichkeit
Der beste Platz von allen, weil
unbefleckt von Kitsch wie auch
von Grausamkeit. Wenn es die
Liebe gibt, dann wohnt sie hier.

sterbende nelken auf der strasse
& ein schönes paar

sterbende nelken
auf der strasse
und ein schönes paar

leicht berührt
eine hand
einen arm
und ein blick
erschaudert

sterbende nelken
auf der strasse
jemand bleibt stehen
und trinkt das alte rot

eine hand zögert

dunkle blicke aus
blassen gesichtern
vor der nachtroten wand
bässe wummern und
sätze verlieren sich
kein splitterndes glas mehr
um diese zeit
wortfransen
wie aus altem tuch

sterbende nelken
auf der strasse
wären gestern rot gewesen
wie lebendiges blut, weiss
wie die nacht ohne dunkel

sterbende nelken
purpur sind sie
der mantel
des alternden königs

sterbende nelken
auf der strasse
und ein schönes paar

gestern hätten
gitarren gesungen
von weite und licht
das schlagzeug heute
baut mauern aus stahl

eine hand zögert und
augen treffen augen
flüchtig erschreckend
als wäre das schon zuviel

samtweiche nelke
purpurrot
allein im whiskyglas

ein schönes paar
bleibt zurück

rot und weiss
im licht der gitarren

Eclipse

diese sonnenfinsternis
kehrt den lauf der zeit um
sagt jemand,
zufrieden

meine hand an
einer wange, es
fühlt sich
feucht an

längst vergangene zukunft
steigt auf aus dem meer

"das sind keine tränen"
die stimme vertrauter
als das gesicht

herr gades tanzt
schwingt eine frau
in rotem kleid
über spiegelnd
polierte steine

schwarzer sand, das
ist nur wegen der sonne
die hinter dem mond
bleibt, viel zu lange

es ist nichts
weiter, es ist
ein arm ein gesicht,
es ist warm

wir schweben über
den platz, die frau
im roten kleid lacht
und küsst den tänzer

fremdes leben,
andere welt

postkartengruss

schwarzgekleidete frauen
vor der kirche, ein
kerzenmeer, sie
beten im chor

lichtreflexe in
den augen, ein ring
sie trägt ein kind

ich lehne an der mauer,
eine hand tastet nach
meiner, ich
lasse es zu

das meer steigt, die
tänzerin rafft ihren rock,
unsicheres lachen,
das beten wird lauter

lippen flüstern
hauchnah an meinem ohr,
"das sind keine tränen"

vorsichtig wische ich
die lüge weg, der weg
ist jetzt frei

drüben an der kirche
leckt das meer
zischend die ersten
kerzen aus

komm näher.

trau dich.
schau mich an.

ich kann dir nichts
als meinen körper geben
der rest von mir liegt
viel zu tief
begraben

gedankenberge
hindern mich an mir.

das weißt du doch?
du drehst dich
von mir weg

läßt aber zu,
daß ich mich
deinem rücken
nähere.

läßt meine hände
deine schultern tasten,
deinen brustkorb,
deinen bauch

wie wellen
spür ich deine
warme, schwere

angst

sie macht mir

lust

ich wühle mich
in deine haut
unendlich tief

endlich liegt
deine seele
vor mir

blaß

auch sie hat
lange nicht
das licht der welt
erblickt

in deiner
scheuen lust
liegt mut

indem ich dich mit
meinem körper
liebe
bin ich feig

das weißt du doch?
du läßt es zu.

ich danke dir
mein held

44

wüste

endloser himmel, blaugrau
trockene erde, bis hin
zum horizont. sonst
nichts.

dann eine gestalt
ganz hinten, auf
einem pferd. ver
schwindet im dunst.

ich rufe sie. meine stimme
klein und leer in der weite.

nichts mehr. nur weit weg
ein lachen. von dort
wo es zu den bergen geht.

liebe, vielleicht:

In deinem herzen
wachen die bilder
meiner langen nacht
In meiner seele
leben die träume
deines stillen tages

so sind wir verbunden
auf alle zeit

Ein Wort,
hingesprüht an
eine Ziegelwand
genügt
immer noch

Weil du
es einmal
zu mir
gesagt hast
höre ich
deine Stimme
immer noch

Ein Hauch
von einem Duft
ganz weit weg
genügt
immer noch

Ein Duft
den du
einmal
getragen hast
ich spüre
deine Küsse
immer noch

Immer noch

Draußen die Welt
immer noch
Menschen leben
Menschen sterben
immer noch
Kriege brechen aus
Verhandlungen
werden geführt
immer noch
scheint die Sonne
regnet es
ist es bewölkt
immer noch
bin ich Teil
von allem
ob ich will
oder nicht
immer noch
bin ich glücklich
verzweifle
immer noch
habe ich Träume
an die ich glaube
über die ich lache
die ich lebe
immer noch
bin ich
zu verletzlich
bin ich
zu hart
sehe zuwenig
sehe zuviel
immer noch
bin ich stark
in meinem Leben
bin ich hilflos
in der Welt
immer noch
bin ich
ich

Ein Gedanke
an dich
ohne Grund
genügt
immer noch

Die Sonne
wird schwarz
die kalte
Nacht
spielt alle Farben

ich will dich
immer noch

leben nervt

immer alles wissen wollen
nervt und
alles wissen sollen
noch viel mehr und
fernsehen nervt und
das radio nervt
noch viel mehr und
kalte füsse nerven
ganz besonders und
lauwarme kartoffelsuppe
nervt unglaublich und
simple sachen machen
nervt, wenn sie nicht
simpel bleiben
und versprechen nerven
und versprecher noch
viel mehr und computer
nerven wenn sie nicht tun
was sie sollen aber oft auch
wenn sie es doch tun und
bildhauer im fernsehen
nerven
und ernstnehmen nervt
unerträglich aber nicht
ernst nehmen noch
viel mehr und kalter
wind nervt und lesen
nervt und essen und
trinken und rauchen nervt

und warum immer
das erwartbare tun
das nervt unsäglich

aber spontan sein
ist so erwartbar
das nervt

links nervt und
rechts nervt erst recht
und oben
nervt fast genau so
sehr wie unten

und tun nervt und
lassen nervt und
am allermeisten
nervt die

mehr

Und manchmal
liegt in einem Augen-Blick:

Mehr als ein Moment.
Mehr als ein Leben.

Und das bedeutet gar nichts
sagt aber alles
genau jetzt.

stimme zu blass

lass ihn doch
in den himmel schauen
wollte ich sagen
aber die hand
war schneller
und meine stimme
war zu blass

Mein Feuer brennt

Mein Feuer brennt
aschene Buchstaben
in eure Stirn

Lichterloh lodernd
bin ich glücklich
nicht cool zu sein

Mein Feuer brennt
schwarze Löcher
in den Kalender

Was ist geschehen
mit der Zeit?
Ich habe gelebt

Mein Feuer brennt
froh bin ich,
am Leben zu sein
zu lieben,
zu schreiben
zu malen

zuweilen
singe ich sogar

Mein Feuer brennt

Schwarze Zeit
wenn das Feuer
dem Alltag weichen muß,
schwarze Zeit!

Nur im Zorn
brennen sich da
die Flammen ihren Weg
aus meinem Ofenherzen

Unglücklich bin ich
und hilflos
in dieser schwarzen Zeit.

jenseits von lala-land

etwas kommt näher und
etwas bleibt immer weiter weg

stein ohne gewicht.
schwere leere. nur alte
schmerzen. neu ist nichts.

angst kaum mehr. nur stille.
so verdammt abgeklärt sind wir.
bin ich. bis die nacht kommt

der stein schweigt, wo das
feuer gebrüllt hat. manchmal
fühlt er sich
beinah warm an.

der wind in den haaren. die
sonne im gesicht. musik. wie

ein rettungsseil, das sich
immer enger um die
brust schlingt, mit den besten
absichten

natürlich.
immer nur die besten
absichten.

der tod ist vertraut geworden, wie
ein lästiger nachbar
der einfach nicht ausziehen will

die freunde sterben.
die sterne auch.
kaum tränen.
nur beinah.

dann wieder

der griff nach dem glück,
zeitlos und trotzig
jenseits von verstand und

gefühl, beinah geborgen
im alten lala-land

dort strahlt meine naivität,
als hätte sie
im lotto gewonnen

ich möcht sie zu tode umarmen
wie meinen besten feind.

stattdessen gehen wir
gemeinsam zum friedhof.

da liegt sie nun, die zukunft.

R.I.P

zarthautmensch

wenn ich dich zufällig anschau
aus meiner ganz persönlichen wolke heraus
krault mich vom bauch her eine sanfte tierhand

und ganz schön stark muss ich sein
um meine finger davon abzuhalten
sich zärtlich suchend an deiner
weichheit zu vergehen.

schau ich mit absicht zu dir hin
bleibt mir die zartheit aus.

und doch: dein sanftes clownsgesicht
bricht manchmal ein in meine träume.
dein schmaler, fast schon harter mund
bleibt lang an meiner wange - nach
dem begrüßungskuss.

fast möcht ich dumm genug sein, um
es zu versuchen. doch seh ich deinen
körper lieber so: weit weg von mir &
meiner kopfheit. unvergiftet
von alledem, was schiefgehn könnt.

bleib weg von mir, nur
lach mir manchmal in die träume.
so zwischen zart und gnomisch:
so wie du lachst, wenn
deiner stimme
ein wort danebengeht.

vollmond

da oben,
am himmel,
etwas ziemlich
rundes.

grinst unverschämt.

dann schaut er
weg, tut harmlos.
man könnte fast meinen
er versucht zu pfeifen.

voller mond,
was machst du
mit mir?

meine nachtseele
will frisches, lebendiges blut
jungmänner, jungfrauen - egal!

komm her zu mir
wer immer du bist
wir kosten voneinander
das kostbare

wir küssen, wir
beissen, wir lachen -
was fällt uns denn ein?
unter dem grossen runden
ist alles erlaubt:

weil wir einander
gewachsen sind.

Tag. Traum.

Die Bäume sind unruhig,
greifen mit nochschwarzen
Fingern die erste Ahnung
von Wärme aus dem Blau

Schnee weiß, unbeirrt,
auf den Wiesen. Nur von
den dunklen Dächern tropft
es, rinnt, plätschert
wie flüchtendes Leben.

Jetzt eine Hand

nein, nur
zwei Finger, die die
Grenzen der Wangen
ertasten. Gleich
ziehen sie
eine Spur aus
ungesagten Worten
über die Stirn.

Für Lippen
wär es draußen
noch zu weiß.

Heute, nicht

Spiel heute nicht Gitarre
sing mir das Lied des Lebens
in bunten Farben
ohne Musik

Mal heute kein Bild
zeichne die Zeit auf
die wir noch haben
ohne Bleistift
beredt

Schreib heute keinen Text
sprich mir stumm
von deinem Sein
flüster mir Oden
auf den Bauch
ohne ein Wort

Sei heute Du
und nimm mein ich
unreflektiert
in deinen Sinn

Du zwischen den Welten

du zwischen den welten
du, die du dich nicht entscheiden kannst

du, ich bin du
manchmal
bin ich du

Du, bin ich du
wenn du die musik lebst
die echte. die starke?

du, bin ich du
wenn du dem Wind folgst
der durch die Bäume streicht?

du, bin ich du
wenn die endlose straße vor dir
behauptet, das wirkliche leben zu sein?

du, bin ich heute du?

du, manchmal bin ich du
und manchmal bin ich nur
ein Schatten meiner selbst

Wochenende

Samstagabend

Du Traum
meiner schlaflosen
Tage

Du Schmerz
meiner bierigen
Nächte

Du
Sehnsucht
Tag
Nacht
immer

Sprachlos
hilflos
ich
warte
sinnlos

Sonntagmorgen

Eine Nacht einsam zu zweit
Auch er eine Geschichte
die sich selbst erfindet

Heimweg
8 Uhr früh
es beginnt zu schneien

Herz aus Stein

Lieb mich
mit deinen Händen
Ich schenke dir dafür
ein Herz aus Stein

Verbrenn mich
mit deinen Augen
Ich kühl deinen Mut
mit Lippen aus Glas

Spiel das Spiel
der Nacht mit mir
Ich spiel das Spiel
der Macht

Morgen ist ein neuer Tag
Und vielleicht
in ein paar Tagen
fangen wir von vorne an...

Ich glaube nicht.

Träumerin

Träumerin,
was hast du noch
außer deinen Träumen?

Träumst traumhafte Träume
stunden- und tagelang
und immer träumst du dich siegend
besiegt nur
um Trost zu finden.

Träumerin, deine Träume
träumen dich
vom Leben immer weiter weg.

Seit du geträumt hast
um zu überleben
wirst du geträumt
und der dich träumt
wacht nicht mehr auf.

Träumerin,
deine Träume hindern dich
am Leben
und träumend vermischst
du den Tag mit dem Traum.

Träumend nur kennst du dich,
fremd ist das Selbst im Spiegel
des Tageslichts.

Zwischen hier und dort

*In einer kalten Nacht steigst du allein
aus einem Zug. Der Wind zerrt an
deinem Haar. Du atmest die kalte Luft,
schaust in den wolkenzerfressenen
Himmel und beginnst, die Straße entlang
zu gehen. Du weißt, du bist jetzt hier zu
Hause. Und du wärst überall zu Hause,
wo du in dieser Nacht
aus einem Zug gestiegen wärst.*

Wolkiges Schweigen

Der Himmel aber hüllt sich in wolkiges Schweigen. Das ist gut so, das ist nur gerecht. Geküsst, diesen Himmel, geliebt und gefürchtet, und immer wieder immer wieder umarmt. Da ist ein Lächeln, das immer da ist, hinter dem Blau, unter dem Schweiß und zwischen den Tränen. Nie habe ich mich so sicher gefühlt, nie so verloren. Was gibt es jetzt noch zu sagen, zu denken, zu tun? Vorsichtig sage ich es, ich sage:

Danke!

und du lachst nur und hebst dein blutendes gesicht
in den wind. (isore.de)

Hej, Mr. DJ!

Was wenn du meine Augen jetzt sehen könntest? Nicht dunkelbunt verheißungsvoll, wie ich sie scheinen lasse, sondern verloren schwarz, wie sie heute sind?

Mit einem Lächeln erinnere ich den Stolz in deiner Stimme; nicht nur hier in der Stadt, hast du gesagt: wenn man will, kann man den Sound bis nach Südafrika hören, ja bis nach Australien, und dann hast du von meinen Augen gesprochen, auf dieser Frequenz;

ich auf der Suche nach einer selbstbewusst-koketten Replik, aber die Zeit hat nicht gereicht;

vielleicht das erste Mal, jedenfalls aber eins der wenigen, dass ich einen Augenaufschlag in eine Richtung schickte, in die nichts lockte.

Gleichzeitig irgendwo da draußen: vielleicht in Südafrika, vielleicht in Australien: diese Gestalt in diesem Mantel. Die Augenfarbe weiß ich nicht.

Hetzen

Von morgen nach gestern und nach heute zurück. Über glasgrünen Wiesen und kuchengelben Feldern schwimmen Wattewolken, lachsrosa, mit blauen Flecken. Dann eine zerschundene Email von ganz oben. Die getane Arbeit türmt sich wie eine Schutthalde vor mir auf. Zigaretten sind ausgegangen, ein Bier ist noch da.

„I rather like the smell of absurdity in the morning." (Tom Robbins)

herbst

viele biere später und erinnerungen, bilder aus der zeit da alles möglich schien, die welt für mich gemacht und die gitarren noch gelb waren, viele biere später und die nacht ist ein brunnen in schwarzem samt.

und morgens sonne, eiskalte strahlen auf meinem höhlenkopf, die jungs gehen spielen mit dem ding mit den vier rädern und ich rede mit der katze nach dem erlösenden kaffee.

dann die landschaft, die nachmittags vorbeizieht, hat sich die nebeldecke umgelegt gegen die kälte, aber das nützt nichts, die decke ist zu feucht. fluss schlängelt sich durch landschaft, das ist schön und frei, alles lebt vom wein hier, das sieht man an den augen, aber das essen ist gut und der tag halb schön. und weinberge, weinberge weinberge: wellenförmig über das land laufen die stöcke, wo ist denn bloss die kamera, wer hat die schon wieder nicht mit?

die frachter auf dem fluss lassen ihr tiefes horn hören, wir sind da heisst das wohl. ab und zu ein leuchtturm. verlassene anlegestellen.

von keller zu gaststube zu keller, und der wein wird nicht besser. zu wenig zeit, um sich mit den hunden anzufreunden, und das kaninchen in seinem stall sieht traurig aus. aber gut.

fremdartig die architektur und mediterran die pflanzen in den unwirklich idyllischen innenhöfen. hier war ich noch nie, kann gar nicht glauben, dass das wirklich hier ist, vielleicht nur ein traum nach dieser viel zu langen nacht, als wären die bilder durcheinandergeraten, hier ein stück spanien, dort ein italienisches eck, dazwischen ein traktor von steyr.

dann die nacht, die kriecht fast hinterhältig herein, versteckt sich im nebel um dann plötzlich zuzuschlagen, lichter verschwommen und in der stadt ist es still, noch nicht spät aber sehr still, man könnte meinen, mitternacht wäre vorüber.

trotzdem ist es hell auch im dunkeln, den ganzen berg hinauf zur festungsruine, dramatisch gekonnt angestrahlt von den scheinwerfern, wir wandern als schatten über die gemäuer, gut sichtbar auch vom tal aus, ganz oben nach den vielen stufen.

eine geisterstadt bleibt es auch nach dem abstieg, niemand zu sehen. nur einer, der einen kürbis ins fenster stellt mit einer kerze drin. halloween.

Der Fluss

Er ging durch die Nacht. Nicht zum ersten Mal, das wußte er, wenn er auch nicht sagen konnte, wann er damit begonnen hatte oder wie oft er schon unterwegs gewesen war. Er ging durch die Nacht.

Lange ging er durch die Straßen, so lange, bis die Gedanken still waren, bis die Bilder aus seinem Kopf waren. Manchmal lief er. Soweit sein Atem reichte. Irgendwann hatte er die Klarheit erreicht, die Klarheit der Bilder, die um ihn herum waren, die Klarheit der wortlosen Bilder. Eine Ampel, die von rot auf grün schaltete. Ein Wagen, der nach dem Einparken den Motor abstellte. Seine Lichter, die ausgeschaltet wurden, aber noch sekundenlang nachglühten. Ein Pärchen, das lachend aus einem Lokal kam. Die Bilder genügten. Die Bilder genügten sich selbst, und irgendwann, wenn er lange genug gegangen war, genügten sie auch ihm. Er war eins mit sich selbst, eins mit der Welt. Leben schien möglich, schien Augenblicke lang sogar selbstverständlich zu sein. Wenn er nur lange genug gelaufen war. Wenn seine Gedanken totgelaufen waren. Wenn die Bilder aus seinem Kopf hinter ihm zurückgeblieben waren.

Manchmal kam er an den Fluß auf seinen nächtlichen Wanderungen. Der Fluß bewegte sich immer und war doch immer am gleichen Ort. Weil das so war, liebte er den Fluß. Wenn er an den Fluß kam, suchte er sich eine Brücke, um auf die Insel zu kommen. Er ging dann auf der Insel weiter, bis das Dröhnen der Autos auf den Straßen nur noch ein leises Rauschen war. Wie immer, wenn er so eine Stelle gefunden hatte, setzte er sich hin, auf einen Stein, und war still. Er war diesen weiten Weg gekommen, ein Wanderer, und hatte sich eine Rast verdient. Der Fluß erzählte Geschichten. Glucksend und plätschernd erzählte er Geschichten, wortlose Geschichten in einer fremden Sprache, die Steve verstand. Er konnte alles verstehen, wenn er erst einmal so weit gekommen war, er konnte das Rascheln der Blätter verstehen, die Schreie der Möwen, auch das Verkehrsrauschen konnte er verstehen, und mehr: konnte Teil davon sein. Teil von allem, was war. Teil von allem, was je gewesen war, von allem, was je sein würde. Er saß da und wünschte sich, mit dem Stein, der Erde zu verschmelzen. Er war überzeugt davon, daß ihm das eines Tages gelingen würde. Er würde einfach sitzen bleiben, eines Tages, wenn er wirklich bereit dazu war, und Teil der Welt werden, Teil der Welt in einem Sinn, den niemand außer ihm verstehen konnte. Oder kann sie es verstehen, dachte er, ihre Augen geben mir manchmal das Gefühl, daß sie das kann. Noch nie habe ich das bei jemandem gesehen. Es ist schön. Es macht mir Angst.

Er hatte wieder zu denken begonnen, merkte er, und damit war es vorbei. Er holte eine Zigarette aus der Jackentasche, bemüht langsam, versuchte, das Gefühl des Augenblicks zu bewahren. Er zündete sie an, zog tief den Rauch in die Lunge. Dann, beim Ausatmen, verfolgte er die Spuren, wie sich die Wolke erstaunlich lange in der Luft hielt, wie sie sich erst langsam auflöste, weit draußen auf dem Fluß. Aber all das war nicht mehr selbstverständlich, wie es eben noch gewesen war. Er nahm seinen eigenen Atem wahr, seinen Herzschlag, wie eine Störung der Harmonie um ihn herum. Die Lichter von der anderen Seite des Flusses spiegelten sich im Wasser, und er bemerkte, daß seine Wangen naß waren. Ich weine, dachte er erstaunt, prüfte mit der Hand, ob das wahr war, ob es nicht vielleicht zu regnen begonnen hatte. Es regnete nicht. Ich weine, dachte er noch einmal, dann ließ er sich fallen in den Schmerz, der eben noch nicht dagewesen war, lag auf der Erde und entschuldigte sich für die Störung der Natur, die er war, die er immer gewesen war, wo er doch nichts anderes wollte als dazugehören, zum Leben, zur Welt. Er wußte nicht, wie lange er auf der Erde lag in dem verzweifelten Bemühen, eins mit ihr zu werden, sich selbst auszulöschen in der Begegnung, aber dann war ihm kalt, so kalt, und sterben wollte er nicht. Ich will nicht sterben, ich will vergehen, sagte er laut, und seine Stimme gab ihm die Kraft aufzustehen. Ich bin verrückt, dachte er, das ist alles. Ich bin verrückt, aber nicht verrückt genug, um etwas zu tun, an dem sie es erkennen würden. Ich werde unter ihnen sein und mich verbergen. Dann lachte er, über sich selbst, über die Welt, und er ging über die Brücke zurück in die Stadt, zurück ins Leben, aber trotz seines Lachens ging er mit dem Gefühl, wieder einmal eine Chance versäumt zu haben.

Die Worte kehren zurück

Sie klopfen vorsichtig an die Tür meines angenehm ruhigen Gehirns, als das Auto mit vier sonnenmüden Neo-Fallschirmspringern von der Flugfeldzubringergasse in die Hauptstraße einbiegt.

Während draußen eine Sonne leuchtet, als hätte sie in der viel zu langen Regenzeit Energie für drei Glutbälle aufgestaut, während wir vier unser heutiges technisch bedingtes Nichtspringen mit einem kräftigen „Scheiße" abhaken, während das Auto sich Meter um Meter in Richtung daily Life bewegt, klopfen und poltern die Worte, die ich nicht haben will, jetzt noch nicht, und schließlich treten sie die Tür ein und fläzen sich in meine Gehirnfalten wie in ein altes Sofa.

Draußen Wiesen und blühende Bäume. Soviel Grün: So viele Sorten Grün. Bäume blühen in weiß, in rosa. Und die Bewegung ist gut. Es ist gut, durch dieses üppig feuchte Grün zu fahren, die Fenster weit offen, Fahrtwind und Stille, und die Worte, die sich räkeln und strecken, bevor sie sich zu Sätzen ballen, die mir Wort um Wort die Illusion der Freiheit rauben.

Wir fahren, wir fahren. Draußen der Tag, hinter der Sonnenbrille dunkle Nacht. Die letzten Begegnungen werden ausgetauscht, die letzten Grüße ausgerichtet. Dann wird es still im Wagen. Wir fahren.

Ein Stück Sonne ist in einen Teich gefallen, dir Birken zeigen erstes Blattgewand. Eine Stadt mit bunten Straßenbahnen. Ein Wäldchen, eine Burg. In jeder Wiese möchte ich liegen, in jeden Teich möchte ich springen, in jedem Birkenwäldchen spazierengehen.

Wir sind ein Stück in die falsche Richtung gefahren, ein gutes Stück. Das ärgert einen, der fahren muss. Das stört eine, die ankommen will. Das langweilt eine, die nicht im Auto sitzen will. Mir ist es recht. Wenn ich nicht ankommen muss.

Jetzt klopfen Bilder an die Türe. Das will ich schon gar nicht. Schicke die Wörter, um die Bilder draußen zu halten. Sperre die Augen auf. Da, ein Maibaum mit bunten Bändern. Hier, ein Dorf, eine Band hat eine Musikanlage aufgebaut, Leute stehen unschlüssig herum, ein Bier in der Hand. Schon bin ich woanders.

Können wir nicht hier stehenbleiben, denke ich. Die Jungs mit den Gitarren haben cool ausgeschaut. Ein Nachmittag auf einem fremden Dorfplatz, ein Bier in der Hand, die Band wird vermutlich unsägliche Musik machen, aber wen stört das schon, mit Sonne im Gesicht und gesichertem Biernachschub. Ich sage nichts. In fremder Musik liegt keine Stille mehr. Die Fenster offen, die Straße jetzt für höhere Geschwindigkeiten geeignet. Der Fahrtwind übernimmt das Reden.

Der Fahrtwind sagt: Hier bist du also wieder. Und lacht. Ich schließe die Augen, will nichts hören. Er lacht. Letzten Samstag, sagt er, als ihr hier angekommen seid. Du: Nervös und zerfahren. Seit Wochen ohne Bezug zu deinem Leben. Jede Aufgabe wie ein lästiges Hautjucken. Jedes Gespräch wie das Geräusch einer Kettensäge um 6 Uhr früh.

Dann kommst du an und es regnet. Aber das macht gar nichts. Es genügt, dass dieser Flieger dasteht, flugbereit. Es genügt, dass die richtigen Leute die richtigen Dinge sagen. Es genügt, dazustehen und zu warten, ob es noch aufklart. War doch so? Und dann klart es tatsächlich auf, der erste Sprung. Nicht ganz so toll: Zu lange her. Zuviel Wasser in der Luft. Aber noch am selben Tag der zweite. Da war doch die Welt in Ordnung?

Als ich nicht antworte, nimmt er mir kurz den Atem. Nur zur Erinnerung, sagt er.

Fast in Ordnung. Ich habe alles verstanden. Ich habe nichts verstanden. Alles stimmt, und doch nicht ganz. Ich lerne, was ich längst weiß. Es fühlt sich anders an. Ich bin nicht mehr die die ich war: Belangloses Zeug. Wie geht das? Als hätte ich ein unsichtbares Tor durchschritten, an dem meine Haut ausgetauscht wird. Und wieder zurück. Dazwischen ist alles einfach. Oder doch fast. Davor und dahinter überholte Wichtigkeiten.

Nichts ist schwieriger: als zu wissen, was man will. Nichts schwerer zu ertragen: als das zu haben, was man wollte. Der Himmel Blau wie zersprungenes Glas. Wir fahren und das ist gut: Überall ist es besser, wo ich nicht bin.

Draußen ein See. So viele Seen hier. Dieser See hat eine Insel in der Mitte, leicht zu erschwimmen vom Ufer aus. Auf dieser Insel werden Geheimnisse ausgetauscht, erste Küsse geteilt. Die Kinder schwimmen dahin, um sich dem Müssen zu entziehen. Ich bin sicher, dass es so ist. Wenn das Wasser erst einmal wärmer wird. Heute liegen See und Insel verlassen im Sonnensplitterlicht. Nur die Frösche quaken. Weil sie vögeln wollen.

Und wieder blühende Bäume. Ich bin ganz ruhig. So soll es bleiben. Wir fahren. Ein Traktor auf einem Feld, und nichts als Sonne und Farben. Ein Hund läuft einen Feldweg entlang, mit flatternden Ohren. Niemand weit und breit. Das Land sieht aus, wie es bei uns auch aussieht. Die Leute in den Gärten auch. Die Dörfer nicht.

Dann der erste Baggersee, der zweite. Ein Campingplatz. Die Grenze. Dahinter eine Zigarette. Wir sind das letzte Auto, bevor er zumacht, sagt der Beamte. Dass es noch Grenzstellen gibt, die über Nacht zumachen, ist erstaunlich.

Wir fahren, jetzt im Abendlicht. Das Grün der Felder wird noch grüner. Auch diesseits der Grenze in jedem Dorf ein Maibaum. Rotweißrote Fahnen in den Fenstern. An der Straße ein Fußballplatz: Die Kinder kicken. Ein paar Eltern schauen zu.

Dieser Moment gestern: Im Stich gelassen von meiner Hand, die den gewohnten Fallschirm nicht ans Tageslicht bringt. Mein ich wird immer kleiner, während ich suche und suche, und dann weiß ich, dass ich etwas tun muss, bevor ich in mir verschwinde. Die Reserve erblickt das Tageslicht. Ich bin wieder da.

Wir fahren. Wir fahren an dem Feld vorbei, an dem ich vor langer Zeit schon im Dunkeln vorbei gefahren bin. Damals steigt jemand mitten auf der Straße in die Bremse. Da liegt eine Adlerfeder auf dem Feld, sagt er. Blödsinn, sage ich, es ist stockfinster. Wir nehmen die Taschenlampe, klettern über die Böschung, gehen über einen Feldweg, ein paar Schritte in ein Feld hinein. Da liegt eine Adlerfeder. Die Hand hebt die Feder auf, steckt sie ein, knipst die Taschenlampe aus, legt sich um meine Schultern. Siehst du? sagt die Stimme im Dunkeln. Jedes mal, wenn ich hier vorbei fahre, denke ich an die Adlerfeder. Und an die Hand. Der Platz ist leicht zu erkennen an einer markanten Pappelgruppe. Die Hand habe ich gestern vermisst.

Wir fahren. Gleich sind wir in Wien. Die Sonne geht unter. Verabschieden und zur U-Bahn gehen. Hinter den Hochhäusern das letzte Abendrot. Versteht denn niemand, wie die Stadt die Menschen verstört? Innen auf meinen Augenlidern noch das Grün von der Fahrt. Ich bleibe ruhig.

In der U-Bahn-Station lästert einer: „Scheiß Freaks!" - Ob er meine Frisur meint oder mein buntes Tuch? Ich drehe mich um und lache. Ein Junge, vielleicht 15, vielleicht 16. Mit beiden Fäusten geht er auf mich los. Nein, das tut er nicht. Es steht nur in seinem Gesicht.

Die U-Bahn, die Straßenbahn. Auf der Rolltreppe einer, völlig alleine, breitet die Arme aus und ruft: „Das ist doch alles vollkommen unfassbar!" - Genau so ist es, denke ich.

Rund um Zarsis, zu Fuß (Tunesien 2001)

Der Tag dämmert im Halbschlaf herauf, und schließlich scheint die Morgensonne durch den Vorhang. Wir hängen noch im Bett herum, denn wir haben das Frühstück aufs Zimmer bestellt, und das erst für 9 Uhr.

Mit Blick aufs Meer sitzen wir dann auf dem Balkon und tafeln. Und was machen wir mit dem Tag? Zuerst einmal einen kleinen Spaziergang am Meer entlang. Auf dem Balkon war Bikini-Wetter, aber sobald man den halbrunden Windfang des Hotelkomplexes verlässt, pfeift ein heftiger Wind um die Ecke und verlangt nach Pullover und Windjacke. Solchermaßen ausgerüstet, wandeln wir wie einige andere am Strand, ich ohne Schuhe und bis zu den Knöcheln im Meerwasser, was mir zusammen mit meiner von unten halbdurchnässten Jean einen verwegenen Eindruck verleiht.

Der Sufi, unser Pferdefreund, ist hier in seinem Element. Er spricht und flirtet mit seinen vierbeinigen Freunden, und ich sitze und schaue aufs Meer, das mir langsam wieder entgegenkommt, vorsichtig die gestrige Scheu ablegt, und dann flüstert und kichert es mit mir und spielt mit meinen Zehen und wirft mir seine Schätze vor die Füße, und ich bin beruhigt und zufrieden.

Und weiter spazieren wir, da kommt eine Landzunge, leicht felsig, und da ist eine windgeschützte Bucht, ein paar Fischerboote liegen da und weiter im Südosten sind ein paar Netze ausgelegt, und der Sufi döst am Wasser und ich lasse mich hypnotisieren von den vielen tausend Minisonnen auf dem Wasser.

So vergeht eine Weile, bis wir weitergehen, immer weiter am Wasser entlang, kein Sandstrand mehr jetzt sondern eine Kraterlandschaft, und dann doch wieder Sand, nein: die leeren Schalen von Tausenden von winzigen Meerestieren, man kann sie aufheben und wie Sand durch die Finger laufen lassen, man geht darauf und zerkleinert sie noch weiter, ein Friedhof der Namenlosen wird zu Sand.

Dann wenden wir uns landeinwärts, vielleicht finden wir etwas zu essen. Noble Villen stehen hier, mit Türmchen und riesigen Terrassen auf 3 Ebenen, mit parkähnlichen Gärten, aber auch hier sind die Palmen staubig und die Agaven schmutziggrau, und über uns türmen sich Wolken, aber auch heute lassen sie die durstige Erde an ihrem Reichtum nicht teilhaben.

Ein Tunesier, der in einem der Gärten arbeitet, erzählt uns ungefragt, dass diese Villa einem Deutschen, jene einem Schweizer gehört, noble Herren allesamt. Von wegen einheimische Elite, naiver Gedanke besuchender Mitteleuropäer.

Wir schlagen uns in die Felder, über die dammartigen Trennwege gelangen wir auf einen Feldweg, an dem die etwas weniger noblen Häuser stehen, die wohl den wirklich Einheimischen gehören, und der Feldweg wird eine Straße, und die vereinzelten Häuser werden zu einem Dorf, in dem die Menschen uns mit Neugierde betrachten, ohne uns anzusprechen.

Der Sufi hat am Strand die Socken ausgezogen und unterwegs einen davon verloren, und die Frauen in ihren bunten Tüchern kichern und zeigen auf seine nackten, weißen Zehen.

Viele Schritte weiter hat auch dieser Ort einen Kern mit Schule, Moschee und Geschäften. Hier gibt es keine Garküche, wie der Sufi sie gerne hätte, aber ein kleines Geschäft mit Sandwiches, und wir bekommen jeder einen Teller mit den kleinen, scharfen einheimischen Würstchen und Pommes Frittes und Salat, und dazu ungefragt serviert ein Getränk namens Boga, das ungefähr so schmeckt, als hätte man eine Packung Hubba-Bubba Erdbeerkaugummi in Cherry Coke aufgelöst. Der Sufi verzieht angeekelt das Gesicht, aber mir lässt dieser Geschmack eine fast vergessene Kindheitswelt aufsteigen, und die schmeckt.

Während wir unseren Hunger stillen, ist die Schule aus, und die Kinder drängen sich in der Imbissstube, um die hier anscheinend seltene Erscheinung zweier Ausländer zu betrachten, der eine davon mit nackten, weißen Zehen. Sie kichern und zeigen, und die gewiefteren tun so, als hätten sie hier zu tun, den Boden aufkehren zum Beispiel oder die Theke putzen.

Der Besitzer verlangt einen ziemlich unverschämten Preis, und wir lachen, und er lacht auch und ist sofort bereit, mehr herauszugeben, und dann gehen wir, und der Sufi hat genug davon, dass alle über seine Zehen lachen, und geht in ein Geschäft, um Socken zu kaufen, und tatsächlich kriegt er graue Socken mit der Aufschrift Pierre Cardin, und die kosten 1 Dinar, das sind 10 Schilling, und draußen vor der Tür zieht er unter den Blicken der mittlerweile vollständig versammelten Dorfjugend die Socken an.

Dann gehen wir in die Richtung, in der wir das Hotel vermuten, und eine ganze Gruppe von Kindern läuft mit uns, zuerst nur kichernd, dann, mutiger geworden von unserem freundlichen Lachen, um Stylos und Dinar bettelnd, und ein besonders verwegener fängt an, uns hinter unserem Rücken zu verarschen, und ich denke kurz an die Kinder aus dem „Herrn der Fliegen", und dann öffnet der Sufi die Wasserflasche und verpasst dem größten eine Dusche, und die anderen lachen und die Meute zerstreut sich.

Das Dorf wird dünner und hört dann ganz auf, und wir gehen den sandigen Weg entlang durch die Olivenplantagen. Wir sind nicht ganz sicher, in welche Richtung wir gehen müssen, aber wir gehen. Die Sonne scheint, aber hinten am Horizont, vermutlich über dem Meer, dunkle Wolken. Die silbrigen Unterseiten der Olivenbaumblätter glänzen in der Sonne, und wir gehen die Straße entlang, und die Farben sind unwirklich, rötliche, gelbliche Erde und das Grün der Bäume und das Blau des Himmels, die Wolken am Horizont strahlen in einem tiefen Dunkelblau, nur die Ränder sind weiß und werfen sich wie die Rüschen an einem Himmelbett, wenn der Wind durchs offene Fenster streicht.

Und viel, viel später erreichen wir eine geteerte Straße, und ich habe keine Ahnung mehr, wo wir sind, und der Sufi tut so als hätte er eine, aber das macht nichts. In einem der Olivengärten arbeitet eine alte Frau, wir grüßen und sie nickt uns zu. Der Sufi hält ein Auto an und fragt, ob das denn der richtige Weg sei, ja, bestätigt der Aufgehaltene, und dann geht der Sufi weiter, auf das Meer zu das schließlich am Horizont auftaucht, aber…

ich bleibe auf dieser Straße, zwischen den Olivenbäumen, die so weit auseinander stehen, dass sich kein richtiger Schatten bilden kann, und ich gehe den ganzen Tag und die ganze Nacht und noch einen ganzen Tag, ohne müde zu werden. Und langsam, kaum merklich, verwandelt sich meine Goretex-Jacke in eine Wolldecke, in die ich mich hülle in der Kälte der Nacht, und meine Turnschuhe werden zu Ledersandalen, und ich gehe ohne Eile auf dieser Straße, an der sich nichts verändert, endlose Reihen von Olivenbäumen, und ab und zu steht jemand in einem dieser Gärten auf sein Arbeitsgerät gelehnt und nickt mir zu, wenn ich ihm winke, ohne meinen Schritt zu verlangsamen.

Ich gehe unter den Sternen, die mir vertraut sind und die mir die Richtung weisen würden, wenn die Straße enden würde, aber sie endet nicht, und ich gehe in einen blutroten Sonnenaufgang und ich gehe unter der Sonne, und am Abend des zweiten Tages beginnt es zu regnen, aber das stört mich nicht, ich gehe weiter auf dieser Straße, und meine Haare sind lang geworden und hell. Und dann hört der Regen wieder auf, und die nassen Bäume glitzern, und die Sonne lacht hinter den Wolken hervor und trinkt sich satt an den Wasserlacken, bevor sie wieder untergeht, und dann gehe ich ein paar Schritte von der Straße ab und wickle mich in meine Decke und zusammengerollt unter einem freundlichen Olivenbaum schlafwache ich ein paar Stunden, ich bin nicht müde, nicht durstig und nicht hungrig, und als der Morgen kommt, höre ich einen Pferdewagen, und der bleibt neben mir stehen, und man fragt mich, ob ich mitfahren will.

Ich steige auf den offenen Wagen und gehöre dazu, denn da ist ein Barde, ein schöner, ruhiger Mann mit einem traurigen Lächeln in seinen Augen, und er hat eine wunderschöne Frau mit schwarzen lockigen Haaren und tiefbraunen Augen in der Form von Mandelkernen. Und da ist ein Geschichtenerzähler, der sein Geheimnis bewahrt, und da ist ein Gaukler, ein schlaksiger Junge, und seine Freundin, fast noch ein Kind.

Sie kommen nirgendwo her und sie fahren nirgends hin, und ich habe auf sie gewartet unter diesem Olivenbaum, und wir fahren die Straße entlang, diese Straße, die sich niemals verändert, und ich höre den Geschichten zu und ich lache mit ihnen und erzähle wer ich nicht bin, und der Tag vergeht und die Straße zieht unter uns dahin, und dann kommen wir in ein Dorf.

Mitten auf dem Dorfplatz bleiben wir stehen, und der Junge und seine Freundin jonglieren mit Bällen und Keulen, und sie tanzen zur Laute des Barden, und die Frau des Barden schlägt die Schellen, und dann verkauft sie bunte Tücher und lange Halsketten, die im Wind klingen, und duftende Fläschchen für die Frauen.

Und es wird Abend, und wir werden in die Dorfschenke geladen, und ich singe mit dem Barden, dessen Stimme die Sehnsucht der Menschen weckt, und die Lieder erzählen von einer Welt, die die Dorfbewohner bislang nicht einmal geahnt haben, und sie werden ganz still, von der Liebe singt der Barde und von einem Land hinter dem Meer, und davon, dass die Träume Flügel haben.

Dann der Geschichtenerzähler, der spricht den Leuten von den Wundern der Welt, von Häusern die groß sind wie Berge und von Maschinen, die Musik einfangen können und wieder freilassen und von Menschen, die Fliegen können wie die Vögel.

Und die Alten sitzen und lächeln und schütteln die Köpfe, sie wissen, das so etwas nicht existieren kann, und die Kinder sitzen da mit roten Wangen und offenem Mund, sie möchten diese Welt erleben, und sie flüstern einander zu, dass die morgen schon aufbrechen wollen um die Wunder zu suchen.

Dann kommen Krüge mit Wein auf den Tisch und große Stücke Spanferkel und weißes Brot dazu, und es wird gegessen und getrunken und dann singt man wieder, die Lieder werden derber und die Menschen lachen, und als die Nacht in den Köpfen schwimmt, zeigt man uns eine Scheune, wo wir schlafen können, und ich liege im Stroh zwischen den anderen und höre, wie der Barde zärtlich ist mit seiner Frau, und ich höre die anderen atmen und ich rieche das Stroh und die Nacht, und kurz bevor ich einschlafe kommt der Geschichtenerzähler ganz nahe zu mir, und er flüstert mit den Lippen an meinem Ohr: Morgen fahren wir ans Meer…

Chebika, revisited (Tunesien 2004)

Brav warten die 3 Jeeps auf uns außengelandete Fallschirmspringer, Radio auf volle Lautstärke, Fahrer-Gesichter auf Halbmast: Tunesien spielt gegen Nigeria, Afrika-Cup, Halbfinale, und sie liegen ein Tor zurück. Während wir die Schirme packen, die ersten Biere öffnen, alle Fotoapparate an der Leistungsgrenze laufen, plötzlich ein Aufschrei aus den Lautsprechern: Der Ausgleich ist gefallen.

In die Oase wollen sie nicht, die Fahrer, mit den Jeeps, versicherungstechnische Gründe, sagen sie, was soll das: das wäre nicht ausgemacht gewesen, sagen sie, nur Transfer zum Hotel zurück: offenbar auf Argumente und Diskussionen gefasst, aber nicht darauf, dass 15 vom Himmel gefallene Skydiver nicken, mit den Achseln zucken und ein schlichtes: "Dann gehen wir eben zu Fuß" zurückgeben. Sie schauen uns nach auf dem Weg zu den Palmen, kinderscharumringt, und als die letzten um die Kurve biegen, startet drüben der erste Jeep. Wenn die da nun unbedingt hoch wollen, geht es wohl schneller, wenn wir sie fahren, mögen sie gedacht haben; vielleicht auch besser gelaunt wegen der unerwarteten Siegesaussicht, soweit man die bei einem Unentschieden so nennen kann; egal; halsbrecherisch geht die Fahrt durch die Wasserrinne bis nach oben.

Auch dort ist jede Geschäftstüchtigkeit eingeschlafen, weil die Besitzer der Souvenirläden gemeinsam schwer atmend vor dem Fernsehgerät im Café sitzen, jetzt sind sie schon in der Verlängerung drüben in Tunis; wir dagegen spazieren hinauf an die Felswand und sehen der Sonne zu, die sich langsam in der flachen Wüste zur Ruhe legt; zwischen ein paar Wolken sogar, heute; dort in dieser Felsspalte habe ich damals mit dem Sufi die lustigen Fotos gemacht, denke ich, und dort drüben vor dem Heiligengrab habe ich mir erklären lassen, was es mit den Marabouts überhaupt so auf sich hat.

Der untere Rand der mittlerweile orangeroten Scheibe beginnt im Dunst zu verschwimmen, und ein paar hören noch immer nicht auf zu reden; unten aus dem Dorf Hundegebell und Ziegengeschrei, die Herde wird für die Nacht ins Dorf zurückgetrieben.

Jetzt nur mehr ein kleiner Rand Sonne da, von seltsam kitschfreier Schönheit, ich bin fast atemlos berührt von der Urangst, sie könnte vielleicht nicht wiederkommen, dieses Mal; endlich ist es ganz still und auch die Hunde verstummen, unten, einen Augenblick lang.

Dann setzt der Muezzin ein, die Stimme trägt weit in die Wüste hinaus und in die Berge hinein, die kleinen mageren Wölkchen tiefrot, ins Lila spielend, alles magisch fremd und doch gleichzeitig aus einer inneren Tiefe vertraut, ein paar Minuten nur, unendlich kostbare Zeitspanne, in der die Welt ganz unvermittelt rein und liebenswert erscheint.

Fast widerwillig den Ausguck verlassen und wieder runter ins Dorf geschlendert, eine Zigarette noch, vor der Abfahrt, ach ja, Oliven gibt es auch und Nüsse und irgendwer hat noch ein Bier.

Die Fahrer strahlend erleichtert, als wir endlich bereit sind, einzusteigen; die Nachspielzeit ist fast vorbei, noch immer steht es eins zu eins, die Radiostimme überschlägt sich mehrfach, während draußen in der Dämmerung die Berge in eine Ebene übergehen. Es ist ein gutes Jahr, hier wächst Gras, sogar kleine Teiche sind zu sehen von der Straße aus, bevor es sehr schnell dunkel wird.

Halsbrecherisches Tempo, jeder Schrei aus dem Radio lässt offenbar das Gaspedal noch tiefer nach unten sinken; Hinten werden Geschichten erzählt, dann eine Vollbremsung wegen querender Kamelherde. Ob sie gewonnen haben, frage ich den Fahrer nach einem besonders heftigen Gebrüll aus dem Lautsprecher; er hat die Hände nach oben gerissen und wieder auf das Lenkrad geklatscht, bei Tempo 100 auf der Wüstenpiste; "pas encore" gibt er kurz angebunden zurück, es klingt, als wäre es nur eine Frage der Zeit.

Hinter der flachen Weite tauchen Lichter auf; die Geschichten im Jeep sind wenig appetitlich, Skydiver eben, noch eine Vollbremsung, diesmal stehen zwei Polizisten mitten im Nirgendwo und achten auf das Einhalten der Geschwindigkeitsbegrenzung; ein Begrenzungsstein im scharf abgeschnittenen Schweinwerferkegel sagt 16 km bis Tozeur, dann endlich: Das Mikrophon am anderen Ende des Radios scheint zu explodieren, unser Fahrer schaltet die Warnblinkanlage ein und beginnt rhythmisch zu hupen, und wer von den Insassen annahm, wir wären bisher schnell gefahren, wird eines Besseren belehrt.

Sie sind im Finale, nach dem Elfmeterschießen, wir fahren mit über hundert Sachen durch ein Dorf, in dem Passanten links und rechts der Straße jubeln und winken; wir jubeln natürlich mit, die Jeeps, nun wieder auf der Landstraße, überholen sich ohne Rücksicht auf die Verkehrslage gegenseitig, immerhin mit Warnblinkanlage, ein Schlagloch bringt das Gehupe aus dem Takt, auch schon egal, jetzt fahren wir nach Tozeur hinein und hier sind mindestens 3x so viele Leute auf der Straße, wie die Oase Einwohner hat, zu Fuß in Autos auf Mopeds, ein musikalisches Chaos, lachende Gesichter, tunesische Fahnen, und die Polizisten winken freundlich zu den Fahrern, die auf der völlig falschen Seite des Freeways fahren.

Zwischendurch ein Stau, man tanzt an uns vorbei, wir halten die Daumen aus den Fenstern, Männer Frauen Kinder: alles ist auf der Straße, hier müsste man jetzt aussteigen und mitleben, denke ich, aber ich tue es nicht, und die anderen auch nicht, und wir erreichen den Hotelbezirk, wo es plötzlich sehr still ist und eine Touristenfamilie irritiert unseren immer noch hupenden Jeep voller lachender Gesichter anstarrt, und am Sonntag geht es gegen Marokko oder vielleicht auch gegen Mali, sagt der Fahrer und streckt mir beim Aussteigen die Hand zum High Five hin. Und von unten aus der Stadt hört man das Glück noch bis weit in die Nacht hinein.

Schilchergegend

Gewandert bist du. Von Stainz bergauf bis dahin, wo der beste Schilcher wächst. Greisdorf. Spätherbstlich kühl ist es, und der Nebel hat sich nicht verzogen. Schritte auf dem Kiesweg, später auf Tannennadeln, um dich herum die anderen, reden, lachen. Erst daran erkennst du die Stille. Jetzt, aufgetaucht aus dem Wald, findet dein Blick endlich befreit die Weite. Hinter den Hügeln lockt sie, lädt zum Verweilen ein und gleichzeitig zum Aufbruch.

Hier oben herrscht der Wind, zupft an dir und an den anderen, wirbelt rostrote Blätter von den Bäumen. Weiter oben spielt er mit den Wolken, mit den dunklen wie mit den hellen, lässt ab und zu eine blassgelbe Sonne durch. Das Wetter steht der Landschaft gut, gibt ihr etwas Verwegenes, traut ihr ein Geheimnis zu. Die Farben werden intensiver, fast wirken die Hügel selbst bewegt.

F. will endlich in ein Gasthaus, und der einsetzende Nieselregen gibt ihm Recht. Bestellungen verteilen sich gleichmäßig auf Schilcher und Sturm, dann aber auch etwas zu essen! Und sogar T. vergisst die Sorge um ihre Figur und schließt sich der Backhendl-Euphorie an. Die Stube füllt sich langsam, und aus dem nichts taucht einer mit einer Knöpferlharmonika auf. Es gibt Musik. Und immer wieder füllt sich wie von Geisterhand dein Glas.

Plötzlich ist es Nachmittag, und draußen hat die Sonne sich doch noch einmal durchgesetzt. Jetzt ist es nicht mehr still. Busweise rollen Gäste an, und auf dem Dorfplatz wird ein Fest gefeiert. Da brennt ein Feuer, Kinder spielen, geröstete Kastanien duften, und über alledem liegt altrosa ein Hauch schilchernen Wohlwollens.

T. will hier wohnen bleiben und F. versucht erst gar nicht, ihr das heute noch auszureden. Hand in Hand machen sie sich auf den Weg, um anderswo noch einen anderen Schilcher zu verkosten. Dahinter, Hand in Hand, du und L. Hier nicht verliebt zu sein wäre Verschwendung.

Ein kurzer Weg durch Wald und Weinberg, jetzt könnte man sogar im Freien sitzen, so lau ist es geworden. „Hier sind zu viele Autos", meint T., die immer gerne ganz allein dort sein möchte, wo man gerade „in" ist. F. murmelt, dass er jetzt auch gern ein Auto hätte, „den ganzen Weg zu Fuß zurück, nein danke!" und beinah hätte sich da ein Misston angekündigt, doch da kommt L. schon mit dem Schilcherkrug, in dem der kleine Ärger schnell ertrinkt.

Dann wird es kühler, das heißt Aufbruch, und noch bevor der Wald erreicht ist, hüllt sich die Sonne in Rot und Gold, die Landschaft ist jetzt zärtlicher, ganz ohne Schroffheit, ein einziges „Willkommen".

Breitenbrunn

Erwachst im Morgengrauen, weißt erst nicht warum. Erste Vögel, noch zögerlich, begrüßen den neuen Tag. Schälst dich aus dem Schlafsack, um aufs Klo zu gehen. Die anderen schlafen tief und ruhig. Draußen Morgenkühle, Tau auf der Wiese. Die Luft so rein, Atmen erscheint wie trinken.

Auf dem Rückweg beschließt du, nicht mehr ins Bett zu gehen. Stattdessen spazieren, durch das Schilf, und sehen, wie die Gegend aufwacht. Ein roter Streifen am Horizont, die Sonne schminkt den Himmel für ihren Auftritt. Darfst dich als Entdecker fühlen, sobald du den Parkplatz hinter dir gelassen hast. Der Weg könnte auch ein Trampelpfad von wilden Tieren sein. Die Brücken – gut, die Brücken. Nicht Erst-Entdecker also, doch Wieder-Entdecker nach langer Zeit. Um dich die Vögel tratschen bei ihrer Morgentoilette, Tautropfen glitzern am Schilf, auf den Gräsern, in den Bäumen. Dann das Wasser, ein Arm des Sees, Bootsweg durch das Schilf. Deutlich noch die Dunkelheit der Nacht unter der Spiegelung des ersten Tageslichts. Hier liegt ein Holzboot vertäut und du nimmst Platz, erste Reihe fußfrei für das Stück „Der Tag beginnt". Deine Schritte auf dem Boot ziehen Kreise auf dem Wasser, doch dann sitzt du ganz still. Es raschelt im Schilf, und Vögel ziehen übers Wasser. Ein verfrühtes Libellenpärchen, eng umschlungen, umrundet das Boot. Ein Fisch springt, zu spät, die beiden sind schon lang vorbei.

Du bist eingeschlafen, merkst du, als du leicht frierend erwachst. Ein wenig steif von diesem Holzbett stehst du auf, streckst dich. Das Zwielicht ist verschwunden, um dich herrscht heller Tag. Der Morgen hat sein Geheimnis bewahrt. Also zurück zum Campingplatz. Jetzt summt und surrt es in der Flora rund um dich, auch die Insekten sind erwacht. Eine Hummel zieht an deinem Gesicht vorbei. Auf dem Parkplatz die ersten Tagesgäste, Surfbretter werden abgeladen, Picknickkörbe ausgepackt. Der Campingplatz ist voller Kaffeeduft, und auch auf deiner Parzelle ist man bereits aufgestanden. Es gibt Kaffee.

Zum ersten Mal im Jahr die Sonne warm im Gesicht, was kann es schöneres geben? T. kommt aus der Dusche zurück und fragt voller Tatendrang: „Und, was machen wir heute?" – „Das kann ich dir genau sagen", sagt F., „nämlich gar nichts. Rumliegen und in die Luft schauen, mehr hab ich nicht vor." – „Ich wollte doch immer schon einen Surfkurs machen", sagt T. sinnend. – „Wir könnten die Fahrräder nehmen und die Gegend erkunden", sagst du. „Aber zuerst einen Sprung in den See!". „Und später", sagt L. hoffnungsvoll, „könnten wir vielleicht nach Donnerskirchen fahren, dort wo wir letztes Jahr den guten Wein getrunken haben?"

Wien, anders

*Jenseits des Gürtels ist
eine andere Welt.*

versprochen, gebrochen

ein suchscheinwerfer tastet den himmel ab
irgendwo über der donau richtung kahlenberg
hinter rinnendem glas seltsam nah in der ferne

abwärts im ersten stock ein katzenkratzbaum aufgegeben
lädiert; auch die lampe im erdgeschoss ausgefallen
die alte haustür hat einen frischen halbton in den angeln

draußen die luft schneidet februarkalt in die lunge
aufrecht geht es sich besser, mit winterende in sicht
stolz "du gehst vorbei!" sagen zur kalten brise

mauern, grau wie der himmel im nebelhauch
buntes licht nur aus den tempeln der verbraucherkultur
es ist nichts, es wird wieder. warm.

ach wien, du bist so wunderbar häßlich vertraut
auf allen kontinenten trage ich deine schwere mit mir
wie eine alte liebe ohne die ich nicht bin

Ich muss aus dieser Stadt raus

An jeder Ecke lauern Geschichten, die nur darauf warten, mich anzuspringen; kein Bezirk, kein Winkerl, in dem nicht klebrige Vergangenheit von den Häuserwänden träufelt; siehst du, das ist die Straße, die ich hinuntergewandert bin damals, als ich zum ersten Mal allein hier war, zuversichtlich, binnen einer Stunde ein Studentenwohnheim zu finden, von dem ich nicht einmal den Namen kannte, geschweige denn den Bezirk, ich wusste nur, dass dort an dem Tag eine Party stattfinden sollte. Siehst du, dort ist das Café in dem ich mit meinem Partner gesessen bin, damals, als wir überzeugt waren, ein semiprofessionelles Video-Business wäre die Geschäftsidee des Jahrzehnts (für alle, die sich ein professionelles nicht leisten konnten: so wie wir uns professionelle Ausrüstung nicht leisten konnten), vor und nach dem ersten (und vorletzten) Auftrag saßen wir da in diesem Café und schmiedeten Pläne; ein paar Tische weiter der Typ, in den ich während meines unvollendeten Geschichtetudiums unsterblich verknallt war; den habe ich da übrigens zum letzten Mal gesehen, bevor er ein paar Jahre später beim großen Lesewettbewerb auftauchte. Ein paar Haltestellen weiter - kann man es denn glauben? - ist da sogar noch die riesige Blase im Beton, an der ich mir seinerzeit den Knöchel verknackst habe, als ich mich um einen Kellnerinnenjob berwerben wollte; den Job konnte ich vergessen, ein Riesenglück, im Nachhinein betrachtet; aber bringen die hier nicht einmal die Straßen in Ordnung? Das ist über 10 Jahre her!

Da ist die Bank, auf der ich, dort ist das Beisl, in dem ich, hier die Brauerei, in der wir, dort die Haltestelle, an der… und da, wo ich mein abendliches Pizzastück hole, dort habe ich schon vor 15 Jahren dann und wann ein Pizzastück; klar haben die Besitzer gewechselt, mehrfach, aber die Öfen sind dieselben geblieben. Und dann erst; als mein zielloses Umherstreifen unbeabsichtigt ein bisschen weniger ziellos wird, als ein Teil von mir mich um eine Ecke zieht, weil da - noch eine Ecke weiter - ein Lokal liegt, in dessen Schanigarten man ein nettes absichtsloses Sommerabendbier trinken könnte; als ich nun wirklich nicht aufpasse und nirgends hinsehe, sondern den Rest von mir frage, ob er mit dieser absichtslosen Absicht einverstanden ist, da streift mein innerlich abwesender Blick ein Schaufenster und ich bleibe stehen, als hätte mich der Blitz getroffen; da, in diesem selben Schaufenster hängt, an der selben Stelle wie vor 20 Jahren, derselbe gold-umrandete Spiegel wie damals, der Spiegel, in dem ich regelmäßig - wenn ich in ebenjenes Lokal wollte - noch schnell mal überprüft habe, ob die Frisur auch sitzt, ob die Wimperntusche, die ich zu der Zeit noch deutlich häufiger aufgetragen habe als heute, auch nicht verschmiert ist und ob der Lidstrich besser aussieht, wenn ich von unten nach oben oder wenn ich von oben nach unten blinzle; es ist der selbe! ver dammte! Spie gel!

Eine tiefe Trostlosigkeit überkommt mich; ich denke eine Zeitrafferkamera vom Haus gegenüber auf diesen Spiegel gerichtet, eine Kamera, die alle meine Blicke bewahrt hat und auch den heutigen bewahrt und deren fieses Objektivgrinsen immer breiter wird, mit jedem Mal, dass ich in den Spiegel blicke; ich könnte mich gleich hinsetzen auf die Stufe vor diesem Schaufenster und in langen stillen Jahren verwelken und vergehen, zwischen Spiegel und Kamera, es würde aussehen wie das faulende Obst in der Plastikflaschenwerbung; großartige Werbung übrigens; stattdessen reiße ich mich los von dem Spiegel und von dem Zeitloch; es ist ein Antiquitätenladen, natürlich, immer noch, natürlich, die sollten ihre Waren verkaufen und nicht harmlose Passanten damit erschrecken, mir ist, als wäre ich unversehens in eine Steven-King-Verfilmung geraten. Nur nichts anmerken lassen; auch das wie damals übrigens, ich kaufe noch einem Zeitungsmann den Falter ab, quasi als Belohnung, weil er ihn mir direkt angeboten hat ohne mich mit Krone und Kurier zu belästigen; der Garten des Lokals, das an allem Schuld ist, ist bis zum letzten Platz gefüllt, ein Glück wahrscheinlich, mit nur einem Bier wäre das heute sicher nicht erledigt gewesen;

ich gehe weiter und denke: ich will raus aus dieser Stadt, irgendwohin, wo nur fremde Geschichten in der Luft herumhängen und keine einzige von mir;

nur ein paar Straßen weiter heimwärts dann dieser Typ, ein richtiger Sandler, der an einem der Alleebäume lehnt und in ein Schaufenster starrt, eine Zigarette in der Hand, mal ein paar Schritte näher ran geht, sich dann wieder zurück an den Baum lehnt; was zum Teufel macht der da denke ich und ob ich die Straßenseite wechseln soll, aber wirklich zum Fürchten sieht er ja nicht aus;

dann geht alles sehr schnell, von der anderen Straßenseite ein weißhemdiger Kellner mit einem Bier in der Hand; "He Alter sorry, bei uns kannsd wirklich ned fernsehen, aber des Bier schenkt da da Chef"; in dem Moment habe ich die Stelle erreicht und sehe im Schaufenster einen Fernseher, der irgendwas Olypmpiahaftes zeigt; der Sandler ist wirklich einer; ziemlich dreckig und murmelt jetzt etwas von "eh klar und trotzdem, aber danke";

ein paar Schritte später noch ein Blick zurück, der Kellner verschwunden, der Sandler hat sich mit dem Rücken zum Baum hingesetzt, starrt immer noch auf die tonlose Sportveranstaltung und nippt am Bier;

ich sehr gerührt und denke: genau das ist Wien! Während mein zynisches ich mich für eben diesen Gedanken psychisch kräftig in den Arsch tritt.

Auch der Spiegel im Nachhinein betrachtet mehr ein abgründiger Schmäh als wirklich verletzend; vielleicht gibt es ja noch anderswo einen Garten, in dem man sich ein Getränk bringen lassen und den Falter lesen könnte? Aber es gibt keinen, alles entweder wegen Urlaub geschlossen oder Eckbeisl voller lebender Leichen;

macht ja auch nichts. Ich trage ächzend mein Kreuzweh in den vierten Stock, werfe noch einen Blick aus dem Gangfenster, das über die Stadt schaut, und denke, dass ich sie so am meisten liebe, diese Stadt, ein Lichtermeer von weit oben, keine Details bitte;

und während der Computer wieder hochfährt und ich die Fenster öffne und den Ventilator umstelle, um die Temperatur in meiner Dachkammer in absehbarer Zeit auf "schlafbar" zu drücken, fällt mir D.H. ein, der mir damals, als ich sehr frisch hier war und und sehr verliebt in Die Stadt, den guten Rat gegeben hat: Ja sie ist schön, hat er gesagt, wunderbare Stadt, genieß es, aber bleib hier nicht hängen, hörst du? Wien, nach einer Weile, ist wie ein Sofa, aus dem man nie wieder aufstehen will; man kann das Leben genießen, aber man kriegt nie etwas Richtiges zustande hier, vergiss das nicht.

Und ich hab's nicht vergessen, aber hängen geblieben bin ich trotzdem, habe es genossen, und Recht hat er auch gehabt: Etwas Richtiges habe ich nie zustande gebracht; ob das nun an der Stadt liegt oder an mir weiß ich aber wirklich nicht, würde auch keinen Unterschied machen, irgendwie.

Taxi Driver

Der Taxifahrer, den ich - vorsichtig, wie man in dieser Stadt wird - bereits vor dem Einsteigen gefragt hatte, ob er einen Hunderter wechseln könnte - er konnte nicht - war ein Wiener Original, wie man sie außerhalb des Kaisermühlen-Blues kaum mehr zu Gesicht bekommt. Ich solle zum Dragan gehen mit meinem Hunderter, sagte er, der Zeitungsverkäufer, der könne immer wechseln. Meinen wohl ungläubigen Gesichtsausdruck beantwortete er mit einem freundlichen „Jo, gengan's nur, gengan's."

Ich ging, und während ich ging, fand zwischen dem Taxifahrer und Dragan eine heftig zwinkernde Kommunikation statt, die mich, wären im Umkreis nicht mindestens 20 Leute gewesen, ziemlich misstrauisch gemacht hätte. Der Taxifahrer erklärte mir später ohne weitere Nachfrage meinerseits, er hätte dem Dragan erst sagen müssen, dass das in Ordnung gehe mit meinem Hunderter, der Dragan würde nämlich nicht jedem, der da so vorbeikommt, ganz einfach einen Hunderter wechseln.

Der Dragan wiederum nahm meinen Hunderter huldvoll entgegen, hielt ihn gegen das Licht, betastete den Streifen und beleuchtete den Schein schließlich mit einer blauen Lampe, allerdings keiner ultravioletten, sondern einer simplen blauen LED-Lampe, wie ich sie auch an meinem Schlüsselbund habe. Er betrachtete während der letzten Phase auch nicht den Schein, sondern mich, es handelte sich also um eine psychologische

Prüfung: Wäre der Schein falsch gewesen, hätte ich angesichts der blauen Lampe wohl höchst nervös werden müssen.

Er war aber nicht falsch, und so erbarmte sich Dragan und gab mir 10 Zehner, damit ich ins Taxi steigen und am Ziel den Taxifahrer bezahlen konnte.

Ich stieg ein, und der Taxifahrer begann sofort zu reden und hörte erst wieder auf, als wir vor meinem Haus standen. Eigentlich ein geringer Preis dafür, dass er ganz ohne Richtungsangaben meinerseits zielstrebig und auf kürzestem Weg die genannte Adresse ansteuerte. An der ersten roten Ampel gerieten wir in einen Filmdreh - hätte man meinen können. Es war aber nur ganz und gar Wien.

Ein vom Alkohol offensichtlich ziemlich beeinträchtigter Mitbürger torkelte über den Zebrastreifen, ließ sich in dessen Mitte auf die Knie nieder und begann, ein Heurigenlied zu singen. Möglicherweise (die hoch erhobenen, gebetsartig verschränkten Hände ließen darauf schließen) war es auch ein Kirchenlied, das durch den dichten Alkoholnebel wie ein Heurigenlied klang.

Jäh unterbrochen wurde die Darbietung durch - meinen Taxifahrer, der seinen Vortrag über Dragan unterbrach (Dragan würde ihm jeden Tag 6 oder 7 Mal Geld wechseln, man könne also davon ausgehen, dass diese Zeitungsverkäufer unverschämt reich seien), schnaufend das Fenster hinunterkurbelte und brüllte: „Hoit die Goschn du Trottl". Der Betrunkene sang ungerührt. Der Taxifahrer brüllte weiter „Heast, schleich di!", und der Sänger schlich, vermutlich mehr wegen der umschaltenden Ampel als wegen der Beschimpfungen.

Einer von den Bettlern sei das, die regelmäßig am Bahnhof stünden, erklärte mir der Taxifahrer, und dann, eher philosophisch-sinnend als politisch-verurteilend, dass all diese Sandler auf ihre eigene Weise eigentlich glücklich seien, den ganzen Tag unterwegs, mittags kommt der Caritas-Bus mit Gratissuppe, und für einen Doppler Wein reiche die Schnorrerei immer.

Glück sei eben ein dehnbarer Begriff, führte er weiter aus, ihm solle nur niemandem erzählen, er sei Alkoholiker geworden wegen der Weiber, er selbst sei auch seit 15 Jahren geschieden und habe keineswegs zu saufen angefangen. Meine Zweifel an dieser Aussage, geschürt durch die deutlichen roten Äderchen auf Nase und Wangen, behielt ich für mich. Ich wäre auch gar nicht zu Wort gekommen.

Geschieden, als die jüngste seiner drei Töchter aus erster Ehe die Matura gemacht hat, sagte er, aber er habe sich nicht unterkriegen lassen sondern stattdessen eine Klassenkollegin eben jener jüngsten Tochter geheiratet, mit der habe er jetzt eine 12-jährige Tochter, die Frau sei eigentlich auch zum Vergessen, aber was soll man machen, er würde durchhalten, wenn man Kinder in die Welt setzt, müsse man sie eben auch großziehen.

Nicht wegen der Rede, sondern wegen der schon selten gewordenen Ortskenntnisse kriegte er ein ordentliches Trinkgeld von mir, was ihn dazu animierte, sich mit einem galanten „Küss die Hand, gnä Frau" von mir zu verabschieden. Ich ging ins Haus und fragte mich, welche Geschichten Dragan über seinen Freund, den Taxifahrer zu erzählen weiß.

Starbucks geht irgendwie gar nicht

Und dabei war ich heute fest entschlossen. Caramel Macchiato lautet das Zauberwort, das sogar gestandene Globalisierungsgegner aus meinem Bekanntenkreis in die Filialen lockt und zu Begeisterungsstürmen hinreißt. Ich wollte das Zeug endlich kosten. Und da ich schon mehrmals - erst fest entschlossen - dann doch wieder vorbeigegangen war, traf ich meine Vorbereitungen.

Der erste wichtige Punkt war, die Starbucks-Filiale an den Scheitelpunkt eines langen Spaziergangs zu setzen, so, dass das Wärmebedürfnis an diesem Punkt schon dominiert. Der zweite Punkt war ein kleines Büchlein in der kleinen Tasche, das ein alleiniges Verweilen in einem Lokal überhaupt erst unbeschwert möglich macht. Der dritte Punkt war der nachmittägliche Verzicht auf jeglichen Bürokaffee, um das Verlangen nach der Droge ins Unermessliche zu steigern.

Ich plante also meine heutige Stadtwanderung im Hinblick auf die Starbucks-Filiale am Anfang der Kärntner Straße, achtete darauf, dass ich unterwegs an einem gut sortierten Buchladen vorbeikam, und marschierte los. Es ließ sich gut an. Ich ging vor mich hin, machte ein paar Fotos, erreichte den Buchladen. Ich fühlte mich irgendwie slawisch, hatte aber Schwierigkeiten, mich literarisch zwischen Dubrovnik und Zagreb zu entscheiden und griff daher zu Marrakesch. Dann weiter. Langsam wurde es dunkel. Ich war gespannt, was Hubert Fichte, André Heller, Elias Cannetti und all die anderen in dem Büchlein über Marrakesch zu sagen hatten. Ich hatte große Lust auf Kaffee, und es wurde langsam Zeit, meine fotogekühlten Finger irgendwo anzuwärmen. Und da war ja auch die Starbucks-Filiale. Mit hübschen, jungen Dingern, die in der Auslage saßen, als hätte man sie auf die stylishen Möbel hindekoriert. Mit dem Gebräu meiner Wünsche auf der Getränkeliste. Sogar mit einem freien Tisch irgendwo da hinten.

Ich war bereit und auf dem Weg zur Tür. Die Kärntner Straße summte vor Späteinkäufern und Frühtouristen. Aber da war noch irgendetwas anderes. Leises. Schwebendes. Wie eine Melodie. Nein. Es war eine Melodie.

Ich ließ die zum Türgriff ausgestreckte Hand wieder sinken und folgte meinen Ohren. An der nächsten Straßenecke saß einer auf dem Boden, nicht ganz, er saß auf einer dünnen Decke. Er sah aus wie ein klassischer Sandler, war auch so angezogen, und neben ihm saß ein struppiger Hund mit einem Hundecape, an dem ein rot pulsierendes Leuchtherz blinkte. Daneben eine saubergewaschene Chappi-Dose, für eventuelles Kleingeld. Und dieser abgerissene Typ saß mit seinem Hund auf der karierten Decke und spielte auf einer metallenen Flöte gerade eben die Melodie des Gefangenenchors aus Nabucco. Und es klang nicht nur schön und richtig, es klang, als wäre diese Melodie geschrieben worden, um genau jetzt genau hier auf einer metallenen Flöte gespielt zu werden.

Ich drückte mich an den Schaufenstern der Umgebung entlang, bis er zum Thema des Kolumbus-Films wechselte, und dann drückte ich mich nicht mehr, sondern setzte mich an den sauberen Rand einer der Kärntnerstraßen-Bänke und hörte mir auch noch Peer Gynt an, bis es einfach wirklich zu kalt wurde und ich ging, nicht ohne mein gesamtes Kleingeld in die Chappidose gelegt zu haben. Der Flötist schenkte mir ein Lächeln im Atemholen, und ich nickte freundlich zum Abschied. Der Hund zuckte mit keiner Pfote.

Einen Moment lang erschien mir meine Geste gar zu großzügig, bis ich mich erinnerte, auf dem Weg auch darüber nachgedacht zu haben, ob die 3 Euro irgendwas wohl für den Starbucks-Besuch ausreichen würden oder ob ich dafür meinen nagelneuen Hunderter anreißen müsste. Daraufhin ging ich hoch erhobenen Wiener Hauptes an der Starbucks-Filiale vorbei und dachte, dass ich den Karamell-Kaffee vielleicht irgendwann in irgendeiner anderen Stadt probieren würde, aber ganz bestimmt nicht heute in Wien.

Weil ich aber immer noch Kaffeedurst und Buchhunger hatte, ließ ich mich auf dem Heimweg ins Wortner fallen und trank dort einen klassischen großen Schwarzen, der mir von einem distinguiert-freundlichen Kellner serviert wurde, dem zum Original-Wiener Kaffeehauskellner nur die unverkennbar grantelnde Note fehlte.

Ich nahm das Buchaus der Tasche, öffnete es an einer zufälligen Stelle, las:

Was ist - gemessen an der Größe und Weite des Wortes - die Arbeit eines Handlangers, in der Werkstatt des Schneiders, der den Ruf hat, gute Arbeit zu leisten? Sie ist Lebensfülle eines Menschen, der das Los "Mensch" erträgt, der bereit ist, alle Augenblicke den Untergang, alle Augenblicke den Aufgang zu erleben und zu erleiden. Warum zweifeln an der Bestimmung im Leben oder zweifeln gar am Wort? (Hans Werner Geerdts, Die Schneiderwerkstatt)

Ich hob die Mokkatasse, kostete den bitteren Schwarzen, schaute um mich durch das gut gemischt besuchte Café und zweifelte weder an der Bestimmung im Leben noch am Wort, sondern bezweifelte nur, dass der gleiche Satz im Starbucks auf der Kärntner Straße ebenso gut bei mir angekommen wäre.

...am Eck

Es ist so ein Lokal am Eck. So ein Lokal, in das man nicht geht. In das man niemals gehen würde. Außer eben dann, wenn am Sonntag die Zigaretten ausgehen. Oder spätnachts, wenn unerwartet noch Besuch kommt und nichts zu trinken im Haus ist.

Das heißt: Genau genommen ist es also ein Lokal, in das man doch ab und zu geht. Es ist eben nur ein Lokal, in dem man nie bleiben würde. Man geht hinein, kauft etwas, und geht mit dem Gekauften sofort wieder hinaus.

Heute auch. Eben hatte ich doch noch Zigaretten. Frische Packung. Sind sie im Auto aus der Tasche gefallen? Zwischen Garderobenständer und Bürosessel verschollen? Wo immer sie auch sind: Sie sind weg. Also seufzend noch einmal in Jacke und Schuhe und auf zum Lokal am Eck. Draußen fröstelts, und das Lokal am Eck hat, wie so viele Lokale an so vielen Ecken, einen Filzvorhang hinter die Tür gehängt, damit man beim Reinkommen und Rausgehen weniger Kälte eindringen lässt. Der Filzvorhang ist etwas ungeschickt befestigt; so, dass man nicht nur Schwierigkeiten hat, sich daraus zu befreien, sondern auch fast über die dahinterstehende Tafel fällt, die nicht etwa irgendeine Köstlichkeit anpreist, sondern die Möglichkeit, an irgendeinem Datum weit in der Vergangenheit irgendein Uefa-Cup-Spiel in ebendiesem Lokal live zu sehen.

Nach dem ungeschickten Entree sind natürlich alle Augen auf mir, und die Gespräche verstummen. Nur die Musicbox (handgeschriebenes Schild an der Wand: „*Digitale Musicbox - Wählen sie aus 3000 Titeln ihren Favorit*") spielt unbeirrt weiter. „Some broken hearts never mend - some days will never end...". Das gelbliche Licht begleitet mich auf dem langen Weg durch die Gasse zwischen den Resopaltischen. Quadratische braun-gelb-karierte Grobwebstoff-Mini-Tischdecken unter den Aschenbechern.

Unter einem Tisch vor kläfft mich ein Dackel an. Das wäre nicht nötig gewesen, ich bin längst als Fremdkörper identifiziert.

Während der letzten Schritte zur Theke löst sich etwas sehr Falschblondes, sehr Mascaralastiges vom Oberschenkel eines zwielichtig aussehenden Typen und bemüht sich, die Quelle der Macht vor mir zu erreichen. Es gelingt ihr. Worte sind offenbar nicht im Angebot, ein auffordernder Blick muss genügen. „Haben Sie auch Zigaretten?" frage ich unnötig gestelzt. „Malboro, Memphis, Milde Sorte". Sie hat sogar am „und" gespart. Ich entscheide mich für die Cowboy-Variante, die offenbar im Kellerverlies aufbewahrt wird, denn die verhinderte Frisöse (wer so ausschaut, wird mit ö geschrieben) verschwindet nach hinten unten und braucht mindestens 5 Minuten bis zur Rückkehr.

Fünf lange Minuten, die Bellamy Brothers werfen einen trügerisch harmonischen Schein über die Szenerie, die Pause zwischen dieser Platte und der nächsten, in der eine tränenschwangere Maid mit Pseudo-Akzent ihren Liebeskummer klebrigsüß zelebriert, wird von einem streitenden Paar am nächstgelegenen Tisch mit unbeholfenen Schuldzuweisungen gefüllt; weiter hinten drischt eine Dreierrunde Schnapskarten auf den Tisch, der Dackelbesitzer sitzt alleine und hebt nicht ein einziges Mal den Blick von seinem Bierglas; der Fernseher zeigt tonlos irgendeinen Action-Shocker. So sieht es hier immer aus, und um eine Weihnachtsdekoration hat sich keiner bemüht. Das ist immerhin sympathisch.

Völlig deplaziert aber, an der 90 Grad-Front der eckläufigen Theke, sitzt eine Dame. Untadelig weiße Bluse mit möglicherweise handgehäkeltem Pullover. Frisur entweder frisch vom Friseur oder frisch aufgesetzt. Randlose Brille weit vorne auf der Nase, um die Kronen Zeitung besser lesen zu können. Ein weißer Spritzer und eine Schachtel von den Zigaretten mit der Blümchenbordüre auf der Packung.

Mich schaudert. Irgendetwas stimmt nicht an dieser Anwesenheit. Sie schaut auf, sehr blaue Augen, trifft meinen Blick und lächelt ein Deutschlehrerinnenlächeln. Da kommt die Frisöse mit meinen Zigaretten. Nichts wie raus hier. Ich will nach Hause zu meinen eigenen Plat-t-itüden.

Da Duascht

Es ist schon nach Mitternacht, ich sollte schlafen. Ich will gerade zum Fenster, um es zuzumachen, um anschließend eben lärmfrei zu schlafen, da wird es unten laut. Ich lehne mich ein bisschen raus, um auf beiden Straßenseiten spionieren zu können, und erblicke zwei gar nicht unfesche, aber ebenso benebelte Gestalten, die einen seltsamen Tanz um ein Auto aufführen. Es scheint um den Autoschlüssel zu gehen, den der eine dem anderen aufgrund fortgeschrittener Alkoholisierung nicht aushändigen will (das kann man jetzt absichtlich in beide Richtungen verstehen). Die Diskussion umfasst die ganze Bandbreite, von "Heast Oida, du bist doch mei Freind" bis hin zu "Gib her jetz, sunst hau I da ane in die Goschn!". Linguisten könnte die durchaus wortgewandte Verwendung altwienerischer Beschimpfungen interessieren, ich selbst bin mehr von der komplizierten Choreographie fasziniert, die beide immer im Kreis um die silbermetallicefarbene Audi-Limousine treibt, als hingen sie an den Enden eines unsichtbaren Balkens. Immer genau gegenüber, 180°, die ganze Diskussion lang. Wird der eine langsamer, dann wird der andere auch langsamer. Wird der andere schneller, zieht der eine mit. Die Umkreisungsgeschwindigkeit entspricht in etwa der Schimpfwortfrequenz pro Minute. Oder so.

Das dauert 10 Minuten, vielleicht 15. Dann ist der Autobesitzer das Spiel leid. Er lässt sich auf einen der Einfassungssteine der Alleebäume sinken, reibt sich das Gesicht, beugt sich vor um die Straße entlangzuschauen. Der andere ist verunsichert, linst erst am Dach vorbei, dann über die Motorhaube, scheint es aber wichtig zu finden, dass auf jeden Fall ein Stück Auto zwischen ihm und dem anderen bleibt.

"Bah!", schreit der Sitzende, "grauslich is des. Des mocht ollas nur der Duascht. Und waast du," jetzt schaut er den anderen an, der von der plötzlich veränderten Situation immer noch verwirrt scheint, "waast du, woher da Duascht kumt?" - Die gemurmelte Antwort kann ich hier oben nicht verstehen, sie wird aber auch gleich weggewiesen: "Ach wos. Vum Aufstehen kumt der. So lang i im Bett lieg, hob i kan Duascht. Vastehst?"

Die Körpersprache des Anderen signalisiert Verständnis, als er sich jetzt doch um die Motorhaube herumwagt und neben seinen feindlichen Freund auf den Stein setzt. Der wird aber davon nicht leiser. "I bin ka Alkoholika. I brauchat nur liegn bleibm, dann brauchat I gor nix trinkn." - Wieder murmelt der Freund etwas, dass ich hier oben nicht verstehen kann, aber die Antwort schafft es akustisch wieder vier Stockwerke hoch: "Na kloa bin I sicha. Wie damals in Arabien. Do hob i nix trunkn, hot jo a nix gebm. Woa oba wuascht, I bin den gonzn Tag am Strand glegn. Vastehst?"

Der Gefragte versteht, Männerarme werden um Männerschultern gelegt, mit anderen Worten, es ist alles wieder gut. "Gemma?" Sie gehen, die Straße entlang. Richtung Westen. Der Audi bleibt stehen.

Das Ich, das Du, und das dazwischen

Ich habe mich durch deine Augen
gesehen und plötzlich
war ich schön.

wer?

ich sehe nicht die landschaft, nicht die weite ebene und nicht die berge, weit drüben. Falls sie überhaupt zu sehen sind und nicht, wie so oft, heimlich im dunst verschwimmen.

ich sehe nicht die bunten vögel, die narren sehe ich auch nicht und nicht die sonne, obwohl ich sie auf der haut fühle: warm.

ich sehe einen rücken. nicht etwa ein gesicht. jemand sitzt, vom geschehen abgewandt, den blick auf die berge gerichtet, die man wahrscheinlich gar nicht sieht. es ist leise, zuerst. dann laut. dann wieder leise.

die kreise, die ich ziehe, werden enger. hier ein paar worte. dort. das zentrum weit außerhalb. als würde ich das ziel nicht kennen.

bis ich mich setze. nicht zu nahe, nicht zu weit weg. der richtige abstand ist wichtig. vielleicht das wichtigste.

aufatmen, heimlich. sehr bewusst. sonne auf den schultern. kalter beton deutlich durch den stoff der dünnen hose. interessiert den horizont beobachten, wo nichts geschieht. lange. eine minute. zwei vielleicht.

bewegung. eine hand wandert in eine tasche. rotweiß sehe ich. geöffnet und geschlossen. die schachtel, auf dem rückweg in die tasche, hält inne. bewegt sich dann zu mir. augenkontakt. kurz. ein nicken. ein zweites. etwas vertrauteres als ein lächeln, wenn das feuerzeug folgt.

wir rauchen, schweigend. drüben am horizont geschieht nichts. das sehen wir genau.

Es ist OK

Ich existiere. Ich lebe. Ich bin da. Ich funktioniere. Es läuft gut. Es geht schon irgendwie. Es könnte schlimmer sein. Es ist OK. Von links nach rechts, von unten nach oben, von Auftrag zu Auftrag, vom Tag in die Nacht. Es ist schon in Ordnung. Ich bin nicht allein. Ich schaffe das schon. Es tut gar nicht weh.

Nur dieses Brennen hinter den Augen. Es ist nichts. Zu wenig Schlaf. Zu viele Träume. Mach dir keine Sorgen. Es wird schon wieder. Es ist nichts passiert. Wir sind OK. Wir finden da raus. Wir kennen den Weg. Wir wissen wie es geht. Wir kennen uns aus.

Was zitterst du denn? Es ist nichts geschehen. Wir sind nicht verletzt. Wir haben nie verloren. Niemand hat uns vergessen. Wir werden nicht alt. Wir waren nie jung. Es ist wie es ist. Es ist schon OK. Sie werden uns mögen. Wir werden es ruhig angehen. Wir machen das schon.

Wir sind wie wir sind. Wir sind tolerant. Wir sind schon OK. Es gibt kein Versprechen. Niemand hat uns betrogen. Wir kennen die Lage. Wir finden uns zurecht. Wir arrangieren uns. Wir haben es doch nicht schlecht. Wir lächeln am Tag und schreien bei Nacht. Es ist schon OK. Hat keiner gehört. Niemand hat dich ausgelacht.

Die Nacht war nicht so. Du hast nicht geblutet. Keine Scherben in der Haut. Kein weißes Vergessen. Kein samtschwarzer Tod. Keine Drogen vom Bahnhof. Keine Musik aus dem Zoo. Du bist nicht gegangen. Du hast nichts gesagt. Kein Vorwurf im Stillen. Keiner hat sich beklagt.

Nichts ist zerbrochen. Niemand hat mich verloren. Ich bereue nichts. Wir sind ohne Schuld geboren. Auch sonst fehlt uns nichts. Es ist nun mal so. Wir werden ja sehen. Nächstes mal vielleicht. Das Leben geht weiter. Es ist schon OK. Niemand bleibt uns etwas schuldig. Wir leben selbst. Wir tun was wir können. Wir lassen nichts aus. Wir wissen, wann es genug ist. Wir finden nach Haus.

Hände

Sie steht neben mir und flüstert. "Deine Hände, komm gib mir deine Hände", im Tonfall eines Mantras, das seine Bedeutung längst verloren hat. Sie spricht nicht zu mir. Wir sind alleine. Ich habe eine Ahnung, wie er aussieht, der, zu dem sie spricht, blond ist er und froh und nicht ganz von dieser Welt. Nicht wie ein Engel: wie ein Bergbewohner vielleicht, oder ein Pilot, oder sonst jemand, der gewohnt ist, die Dinge aus der Entfernung zu betrachten.

"Komm, lass uns gehen" sage ich und will gar nicht. Einen Augenblick scheint es, als würde sie stattdessen auf das Brückengeländer steigen, ich sehe es, wie sie die Arme ausbreitet, der Wind in ihrem Haar, wie sie springt ohne zu fallen und davonfliegt stattdessen, Richtung Osten, wo bald die Sonne aufgeht.

Sie steigt nicht. Sie springt nicht. Sie fliegt nicht. Sie lächelt ein kleines Lächeln, als wüsste sie genau, was ich denke, greift fast nach meiner Hand, geht dann neben mir, Richtung Süden. Dort, wo bald die Sonne aufgeht, wird der Himmel schon rot. "Ich bin du" sagt sie und spricht jetzt doch zu mir. "Nein." sage ich.

Von dort, wo bald die Sonne aufgehen wird, kommt ein Schwarm Vögel. Sie zwitschern hell, es klingt wie das Glitzern von Sonne auf einem kleinen Bach. Sie fliegen über uns, drehen einen Halbkreis. Es sieht aus, als würde der Schwarm über uns stehen. Dann verschwinden sie, Richtung Stadt. "Ich bin eine Schwalbe" sagt sie. "Nein." sage ich, und dann: "Außerdem waren das keine Schwalben, sondern etwas anderes. Stare vielleicht. Oder Finken. Keine Ahnung." Sie denkt nach. "Ich bin." sagt sie dann.

Das kann ich stehenlassen. Als wir das Ende der Brücke erreichen, legt sich der Wind. Der wunderbare Wind, der nach Wasser schmeckt und nach der Ferne. Ich möchte umdrehen, aber wir gehen weiter. Richtung Stadt. Es wird langsam heller. Die Straßen sind leer. "Weißt du noch", sagt sie, es ist keine Frage. "Was?" - "Früher", sagt sie, "früher".

Früher waren die Straßen niemals leer. Früher war es immer Nacht. Eine gute Nacht, eine bunte Nacht. Eine laute Nacht. Jetzt ist es ganz still. Nur das leise Kratzen unserer Schuhe auf dem Asphalt. Ich bleibe stehen, sie dann auch. Es ist ganz still. "Kalt!" sagt sie, und ich nicke. Eine Kälte, die anders ist als die Abwesenheit von Wärme. Weiß wie Schnee. "Komm, lass uns gehen", sagt sie, und wir gehen. An fremden dunklen Fenstern vorbei. Unsere Schritte kratzen auf dem Asphalt. Die Straßenlampen gehen aus, als das Licht in die Stadt kriecht. "Zum Bahnhof?" fragt sie. "Wir könnten die Züge anschauen und so tun, als würden wir in den Süden fahren. Wir könnten..., wir könnten in den Süden fahren." - "Den Bahnhof gibt es nicht mehr." sage ich. Die Schritte kratzen. Sie flüstert. Ich höre ihre Worte kaum, aber ich kenne sie. Ein Text zur Percussion ihrer Schritte. Die Hände. Die Hände ohne Namen.

Mir scheint, ich bin zu grob gewesen. "Sei nicht traurig", sage ich. "Ich bin nicht traurig." sagt sie. "Es gibt immer einen Bahnhof. Irgendwo."

Märchen, kontemporär

Aber als der edle Ritter endlich die Prinzessin traf, als er seine Rüstung ablegen und sich salben und höfisch kleiden wollte, um bei ihr den rechten Eindruck zu erwecken, da musste er feststellen, dass die Schilde nach so langer Zeit im Kampfe mit seiner Haut fest verwachsen waren. Und er setzte sich hin und überlegte, ob es denn der Mühe wert sei, die Schilde abzureißen, sich selbst zu verwunden, nur um dieses neue Leben zu beginnen, von dem er nicht wusste, ob es ihm überhaupt gefallen würde. Sollte er nicht besser bei dem bleiben, was er konnte, was er kannte? Und wenn er nicht gestorben ist, dann überlegt er heute noch.

Auto. Bahn?

Räder rollen, leise, antriebslos. Hinterher ein Sattelschlepper voller unerfüllter Erwartungen. Worte gehen schwimmen und

Nebel steigt auf. Jemand raucht zuviel. Etwas schmeckt salzig. Etwas schmeckt bitter. Brückenbauer arbeiten mit Gänsefedern. Rauschender Applaus auf den billigen Plätzen. Ganz hinten huscht das Lachen aus der Wüste vorbei. Etwas wird federleicht. Die Sattelschlepper suchen einen Parkplatz für die Nacht. Jemand hat viele Fragen gestellt, nur die eine nicht. Jetzt ist es wieder still.

Nebeltage

Selten so friedlich gefühlt wie letzte Nacht wachliegend im Dunkel neben dir. Deinem erst schläfrigen, dann schlafenden Atmen lauschend. Als wäre die Welt nachts näher und zärtlicher, ohne dabei einzuengen. Gedämpfte Gedanken, als könnten die lauten dich ebenso wecken wie das gesprochene Wort. Gedankenbruchstücke, selbst auch schon im Halbschlaf. Spüren, wie du dich bewegst in deiner Schlafkammer; dabei schneller, lauter atmest: Die Bilder deines Traums steigen auf aus dir.

Das ist der neue Frieden meiner Nächte. Ich nehme dankbar an. Die Tage dagegen viel zu laut, scharf, abgeschnitten von meinem Sein und bleiben neblig trotz der hellen Klarheit, die fast schmerzt.

Wie heute, in die ehemalige Heimat fahrend, mir aufgefallen ist, wie das Grün sich ändert: Von einladender Schönheit, südlich von Wien, wo man im Gras liegen möchte und in die Bäume schielen - dann überm Semmering wirds fremder, schön zwar noch, doch abweisend, wie hinter Glas. Und heimwärts zu dann schließlich unheimlich, bedrohlich fast: Als wollten sie mich verschlingen, standen die Bäume, die anderswo freundlich im Wind nicken; das Gras vergiftet abstoßend, bösartig sogar die Blumen, alles atmet Verwesung und Tod rings um mich. Aufzuwachen versucht, aber wach war ich doch schon, dann still in meinem Zugabteil gekauert und langsam erstarrt, wie immer auf dieser Fahrt.

Dann das Haus, Hochburg des Moders in der Moderlandschaft, Fenster, auf, und alles droht: Von innen der Muff und der

Schimmel auf jahrzehntelang eingeschlossenen bösen Gedanken, abgestoßen an den Wänden, klingenscharf, dringen ins Hirn, ins Herz. Von draußen dumpfes Faulen & eklige Viecher, die sich daran laben. Die Nacht ist durchzustehen & der Morgen; der Fernseher ein Stück Welt, Rettungsanker, um nicht im Matsch zu versinken.

Selbst der Kaffee schmeckt gelb wie Pisse, Zigaretten dazu, eine nach der anderen, nur sie verbannen das Gefühl, an dieser längst vergangenen Gegenwart ersticken zu müssen.

Morgen. Morgen bin ich wieder bei dir.

Gestern

Das Wasser fremd und kühl auf meiner Haut. Ich schwimme in Licht: auf die zerbrochene Sonne zu. Weiß gar nichts anzufangen mit mir und mit dem Sein. Dicht und ein bisschen feindlich der Dschungel am Ufer. Keine Lust zu lesen, das Tagtraumlicht ist dunkel und das Geträumte fiebrigschwer.

Sonne geht ohne rotglühenden Abschied, wenig Worte. Neben dir sitze ich nicht, ich sitze neben mir. Arkaden und Wein und eine Handvoll Gelsen. Ich rede und rede und weiß nicht wovon. Der Wein schmeckt nicht recht, aber das liegt an mir.

Alles so leicht und ohne Bedeutung. Ich fürchte, das bekommt mir nicht.

Mond

Schlafnehmer, Traumgeber. Silberstaubstreuer. Geschichtenerzähler. Wir Mondkälber nähren uns von silbernem Mondlicht. In Mondnächten leben wir zufrieden hinter dem Mond, hinter seinen Häusern und Höfen, und werden rastlos häuslich. Wir schwimmen mit den Mondfischen, wir fliegen mit den Mondvögeln. Wechselstromgleich folgen wir den Mondphasen, vibrieren im Wellentakt der Mondstrahlen. Wir fahren mit der Mondbahn und suchen im Mondgebirge nach Mondsteinen.

Mit der Mondsichel ernten wir Mondrauten für unser Hexengebräu. Davon dann ein oder zwei Mondviertel, und schon steckt mir der Mann im Mond den Mondring an den Finger. Ja ich will.

Fotoalbum

Menschen, schon lange nicht mehr unter uns. Auch die Hunde buddeln längst nach himmlischen Knochen.

Lebensreste in Schwarzweiß, für immer eingefroren das süßeste Lächeln, der versonnene Blick. Grausame Zeit zeichnet Falte um Falte, schon ähneln sich die Bilder nicht mehr. Uraltes manchmal vertrauter als die Blitzlichter der jüngeren Zeit.

Geschichten, Legenden, hunderte Male erzählt. Immer lächeln sie in die Linse, wie schwer es auch fällt.

Unerschrockener Fliegeroffizier, überzeugt von seiner Mission. Hübsche Kriegsbraut, erst lächelnd in weiß, dann traurig in Schwarz.

Mutter wird Kind und Muttersmutter jung und jünger, wann wurde das letzte Mal gelacht? Aus jenen Tagen bleibt nur der Teddybär, und auch er hat längst das Brummen verlernt.

schreiben

manchmal die wörter die sätze wie eine flut und die geschichte nur eine frage der auswahl die finger kommen kaum nach auf der tastatur

und manchmal muss ich jedes wort, jeden buchstaben einzeln erlegen, wie mit pfeil und bogen, sie dann suchen im hohen gras & festnadeln auf papier am bildschirm

sonst flattern sie weg wie

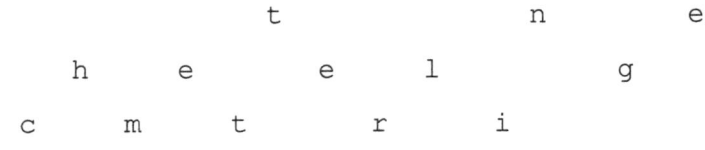